Sombra severa

SOMBRA SEVERA

Raimundo Carrero

SOMBRA SEVERA

ILUMI//URAS

Copyright © *2001*
Raimundo Carrero

Copyright © *desta edição*
Editora Iluminuras Ltda.

Capa
Fê
sobre "O inferno" de *Paraíso e inferno* (1510), óleo sobre madeira [135 x 45 cm],
Hieronymus Bosch, modificado digitalmente

Ilustrações
Pedro Buarque

Revisão
Renata Cordeiro

DADOS INTERNACIONAIS DE CATALOGAÇÃO NA PUBLICAÇÃO (CIP)
(Câmara Brasileira do Livro, SP, Brasil)

Carrero, Raimundo
   Sombra severa / Raimundo Carrero. —
2. reimpressão. São Paulo : Iluminuras, 2008.

ISBN 85-7321-138-5

1. Romance brasileiro I. Título

07-2388   CDD-869.93

Índices para catálogo sistemático

1. Romances : Literatura brasileira   869.93

2008
EDITORA ILUMINURAS LTDA.
Rua Inácio Pereira da Rocha, 389 - 05432-011 - São Paulo - SP - Brasil
Tel: (11)3031-6161 / Fax: (11)3031-4989
iluminur@iluminuras.com.br
www.iluminuras.com.br

*Para
Rodrigo e
Diego*

Dá-lhe um nome feio: traição. Mas é justamente essa índole traiçoeira do rebelde que o diferencia do resto do rebanho. É sempre traiçoeiro e sacrílego, se não literalmente pelo menos em espírito. Comporta-se, no fundo, como um traidor porque tem medo de sua própria humanidade, que o aproximaria de seu semelhante.

HENRY MILLER
A hora dos assassinos

Muitas coisas foram ditas, repito, mas não houve quem fosse capaz de formular sequer uma aproximação daquela frase antiquíssima (nascida na costa oriental do Mar Egeu há quase vinte e cinco séculos) que asseverava que ninguém fica tão unido a ninguém como o homicida a sua vítima.

MARIO ARREQUI
A vassoura da bruxa

Deixa-me saber por que teus ossos abençoados, sepultos na morte, rasgaram assim a mortalha em que estavam? Por que teu sepulcro, no qual te vimos quietamente depositado, abriu suas pesadas mandíbulas marmóreas para jogar-te novamente para fora.

SHAKESPEARE
Hamlet

SOMBRA SEVERA

*E aqui, na verdade, nossa narração, vem desembocar em misté-
rios e nossos pontos de referência se perdem no sem-fim do
passado, onde, toda origem se trai, revelando ser apenas uma
parada aparente e uma meta inexpressiva, misteriosa por sua
própria natureza, uma vez que esta não se assemelha a uma
linha, mas a uma esfera. Mas a esfera consiste em correspon-
dência e reintegração; é uma dupla metade que se transforma
em uma coisa única constituída pela junção de uma metade,
superior e uma inferior, um hemisfério celeste e um terrestre, que
se completam um ao outro num todo, de tal maneira que, o que
está em cima está também embaixo e o que sucede na esfera
terrestre se repete na esfera celeste e vice-versa. Esse intercâm-
bio complementar de duas metades que, juntas, formam um todo
e uma esfera fechada, eqüivale a uma mudança real, isto é, a
uma revolução. Roda a esfera: isso é próprio da natureza da
esfera. O fundo daí a pouco é alto e o alto é o fundo, tanto quanto
é possível falar, a tal propósito, em alto e fundo. Não somente o
celeste e o terrestre se reconhecem um no outro, mas mercê da
revolução da esfera, o celeste pode mudar-se em terrestre e este
naquele, donde decorre que os deuses podem tornar-se homens
e, em compensação, os homens podem tornar-se deuses.*

Thomas Mann
José e seus irmãos

SOMBRA SEVERA

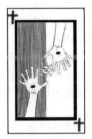 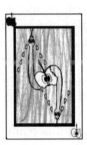 

Num entardecer daquele nem precisava lembrar: ele sabia. Era inevitável reconhecer que a lembrança é como o sonho para o sono. Tentava resignar-se: o combate da mansidão contra a fúria. E estaria resignado um homem com os olhos de touro? No silêncio que se enfurna nas trevas do anoitecer, as recordações teciam-se, redemoinho na alma. Medonho e áspero.

Judas pensou em tudo isso depois que trouxe o tamborete, sentou-se encostado na parede da casa, o alpendre recendendo a matos verdes, e acendeu o cigarro, cuja fumaça — antecipada pelo vaga-lume do fósforo — ensombreou o rosto ossudo e taciturno já escurecido pelas abas do chapéu, ombros arriados, um olhar sofrido — o touro que o habitava —, gestos monótonos de quem sabe que a noite não recua.

Dali, tão solitária e isolada a casa, via um amplo campo de árvores, ramos ressequidos, plantas rasteiras cruzadas de cercas e veredas que abriam sulcos nos matos, a plantação de palma para o gado, galhos magros escurecendo os confins da vista. O cigarro pendia no canto da boca semelhante a um sinal fumegante no rosto.

Fora dali — o coração tem suspeitas — que viu o vulto

indistinto, ainda longe, o vulto que anunciava arrebatamentos, e já mais próximo, ganhando formas, contornos e curvas, os corpos de Abel e Dina. O vulto dissolvia-se: era presença. Não precisava de esforços de visão: vinham, os dois vinham, e antes de distingui-los inteiros, o que estranhou foi a espécie de sorriso — que ainda não era sorriso mas antecipação, essa mágica que se desprende dos amantes. Daí não precisou adivinhar: estava revelado.

Vinha, Abel vinha, o trotar do cavalo denunciava, a moça na garupa. Judas permaneceu sentado, estátua enfincada no alpendre, o vento do anoitecer não atiçaria o chapéu. "Não devia trazê-la" — pensou.

Já no terreiro, um homem cuja ousadia o corpo, às vezes, esconde, Abel saltou do animal e, tomando Dina pela mão — que por indelicadeza ou timidez lacrou os lábios —, levou-a para dentro da casa. "Não devia trazê-la: é o que digo: um homem e uma mulher servem para combates" — foi Judas quem disse baixo, tão baixo que nem sequer o cigarro se moveu, quando sentiu que estava mais próximo da mágoa do que da raiva.

Só estranhou mesmo foi que ocupassem a casa que dividiam — ele e o irmão — desde que ficaram feito ovelhas desgarradas do mundo — nem mesmo a gentileza de uma saudação, um gesto.

Terminado o último trago do cigarro — amargo é sempre o último trago incomodando a língua, a garganta seca — tentou assobiar as ausências. Pois que Judas era assim: ausências e distâncias, só conhecendo os assobios pela lição dos grilos, dos pássaros, dos galos. Homem e natureza habitando o mesmo corpo, conhecendo mistérios de números, cartas e astros. O silêncio era a leitura.

Não tendo outra ocupação para os lábios — só falava quando os silêncios eram rompidos —, acendeu outro cigarro, desta vez tragando longamente e enchendo os pulmões de fumaça, o ar anoitecido dos campos. "Foi uma imprudência." Mesmo assim, se fosse homem de sorrisos, sorriria; os lábios, às vezes, suportavam festas. Mas não podia sorrir: Dina, enfeitiçada, subjugara o irmão.

Noite, bem noite, e ainda nem tão alta a lua, alvura e brasa, entrou na casa. E sentiu logo: já não era a mesma casa. Havia o cheiro, era verdade. O cheiro que as mulheres, mais do que no corpo, trazem nos encantos. Atravessou o corredor, meticulosidade de que não precisava porque conhecia o caminho. Estacou na porta da sala.

Sentado junto à mesa, mais coração do que rosto, Abel olhou-o. Se os lábios sorriam, os olhos revelaram apreensão e espanto. Era mais velho do que Judas, mas tinha segredos de mocidade. Magro, bem mais magro, os cabelos negros, a boca curta — um homem a quem a noite não negaria lua.

Silêncio e inquietação atravessaram-se entre os dois. Foi Judas, procurando o fósforo no bolso da enorme camisa de algodão, quem acendeu o candeeiro. A luz ergueu-se — e erguer a luz era como irromper das trevas a espada chamejante. Descobria, enfim, o rosto inteiro de Abel: um rosto onde não havia rusticidade, mas a estampa da preocupação.

— Não devia trazê-la.

Judas aproximou a cadeira da mesa.

— Foi impossível suportar a distância. Ela quis, veio.

— Trancou-se no quarto?

— É uma mulher de recatos.

— Os irmãos virão buscá-la tão logo descubram a trama.

Abel cruzou os braços, cujos cotovelos apoiou na mesa. As mãos próximas dos ombros formavam dois triângulos sobre o peito. Por um instante, ficou de cabeça baixa.

— Isso eu sei, — confirmou. — É inevitável.

Judas não queria pensar nos dois. Com serenidade foi ao fogão — os gestos de ave que no vôo não move as asas esquentou a comida, a lenha ardia, o fogo. O rosto esbraseado, as sombras contorcendo-se, os olhos escuros.

— Está pronto para o duelo, Abel?

— É preciso.

Assoprou o fogo. Não parecia um rosto: era brasa que ressaltava os olhos.

— Evitarei, Abel, evitarei.

— O duelo?

Não disse nada, a princípio. Abel queria conhecer as artimanhas do irmão.

— Não sei como será possível.

— Eu sei.

Terminando o trabalho, disse:

— Coma.

— E você?

— Tomarei providências. Só um conselho: não deixe Dina sair do quarto nem toque nela.

Já estava de costas, caminhando para o corredor, quando se voltou:

— Se possível, desfaça os triângulos.

A noite, espessa e fria, acolheu-o.

Não era falta de apetite: precisava manter os ouvidos acesos. Por isso, Abel não comeu. As tramas da noite chegavam: os ventos as traziam. Não demorou muito: escutava machadadas, pancadas transformadas em açoites. Conhecia muito bem Judas, o mais moço, o que dava forma às trevas. Não podia entender, porém, que tipo de armadilha ele estava preparando.

Desfez os triângulos dos braços — ele aconselhara. Cruzou as pernas. Desejava ficar de pé. Considerava injusto permanecer ali, um espectro, atiçado pela chama do candeeiro, enquanto Dina continuava no quarto, tão impenetrável quanto os ouvidos de um morto.

Mais de uma vez desejou sair. Queria saber o que Judas estava fazendo, tramando, tão rudes eram as pancadas do machado. Pensava: um homem não atravessa a noite senão para enfrentar o anjo. Para combatê-lo até perder uma costela ou uma coxa. Queria, ardentemente, invadir o quarto — braços e pernas, ele e Dina, formariam dois triângulos.

Mas o irmão dissera: "Coma." E aquilo queria dizer: "Permaneça aí até que eu volte." Voltar de dentro da noite para evitar o duelo — como anunciara. Queria que fosse logo, urgente. Sentiu a injustiça. Não era correto deixar que Dina viesse sem tocar numa única parte de sua carne. E fora a carne que o impelira ao rapto.

O duelo esperado realizava-se, por assim dizer, perto da casa: Judas lutava, o corpo cansado, derrubando árvores, aproveitando apenas o tronco. Suado, mancando de uma perna dolorida — um galho atravessara a calça, machucando a coxa —, usou o serrote para transformar os troncos em tábuas. A luz, se àquilo se podia chamar luz, era apenas o ponto incerto e deslocado, às vezes duvidoso, dos vaga-lumes.

Foi o vento, ele reconheceu, foi o vento que anunciou a madrugada mais branda, mais leve. Cansado, exausto, os músculos doíam. Depois, Abel ouviu as passadas: Judas retornava.

Também já estava cansado, Abel. Ardia, ele ardia, desejo de sangue tanto tempo guardado nas entranhas. E não podia, por convicção e por certeza, interromper a luta de Judas nem macular o quarto de Dina. Várias vezes ao longo da fuga — agora não precisava mentir — teve vontade de possui-la, sobretudo quando os seios, cobertos apenas pela blusa fina e lisa de tafetá, os bicos duros — com certeza arroxeados — tocavam nas suas costas, arrepiando-o. Como ele, também ele, ficava arrepiado ao ouvir o serrote. Judas serrava tábuas e ele nem conseguia adivinhar o que nasceria dali. Sentia, ele sentia, Abel e sua dor, os próprios ossos serrando-se. Partindo-se. O desejo quase irrefreável de possuir Dina.

— Ajude-me aqui.

Quem disse foi Judas. Um espanto vê-lo: sem chapéu, sem camisa, a calça rasgada à altura da coxa, inteiramente molhado de suor, o duelo noite adentro.

Abel olhava-o, mas era da moça que se lembrava. Ela não viera chamá-lo, comportando-se como somente as puras sabem se comportar. Permanecera todo o tempo trancada: sem ferrolhos nem cadeados. A tranca única da honradez e da espera. De uma espera agoniosa, porque também ela devia ter ouvido o machado e depois o serrote. A noite povoada de mistérios.

Quando disse — "Ajude-me aqui" — Judas voltou ao corredor, acompanhado por Abel. Em toda a casa apenas dois candeeiros acesos: o da sala de refeições e o do quarto de Dina, de onde a luz vinha apenas pelas frestas da porta. A luz irrompia não só do quarto, mas, com toda certeza, também do corpo ansioso de Dina. Abel compreendeu.

Na sala, na sala de visita, ele, Abel, o irmão mais velho, viu as tábuas. Os móveis já estavam encostados na parede. Os dois trabalhariam. Foi por isso que tiraram pregos e martelo de uma gaveta. Antes de acender outro candeeiro, Judas aproveitou para fumar. Os dois não precisavam de assuntos: compreendiam-se.

Madrugada, tão madrugada que o silêncio era o fundo de um poço, Judas ordenou, o trabalho concluído:

— Agora espere-me aqui.

Montado no cavalo cruzou o povoado, depois de vencido o campo, com tanta rapidez e velocidade, que os madrugadores tiveram dificuldades em identificá-lo. "Este cavalo vai se desmanchar e o cavaleiro voará sozinho" — pensou o homem sentado na calçada.

Se o homem sentado na calçada não o reconheceu, estava sonolento e meio embriagado, os irmãos Florêncio precisaram apenas do vulto — os contornos, o chapéu, a brasa do cigarro, para dizer entre a raiva nos dentes: Judas.

De propósito, como de propósito é a vida que se carrega pelas estradas, acercou-se da janela — também ele veria os Florêncio conversando na sala —, depois de saltar a porteira, formosura e destreza, o cavalo desenhou o vôo, a cabeça levantada, as crinas revoltas, as pernas unidas ao ventre, fez um trajeto mais rápido e desapareceu.

Inácio Florêncio, o mais moço, gritou:

— Dina! Onde está Dina?!

DINA não estava nua. Com a mesma roupa com que viera, permanecera. Nem abrira a mala. Se fora ele quem decidira a fuga, que decidisse também o instante da posse. Nem necessitava de arrumação. De forma alguma. Bastava que as vestes escapulissem do corpo.

Sentada na cama, imóvel, no brilho fosco do espelho, mais abismo na alma do que nos olhos, via-se. Não mudava nunca de posição, uma única vez não mudou, embora — não podia negar, não negaria — os seios desejassem mãos, latejassem. Os cabelos, negros e longos, cobriam os ombros. Não podia compreender, no entanto, a madrugada pejada de ruídos, pancadas, serrotes que abriam madeiras. Só a certeza: não era possível evitar: os homens preparavam combates. Serravam e batiam pregos. A noite tem silêncios medonhos.

Sem abrir os lábios, só o pensamento: "Ao amanhecer selará pacto de homem e mulher. Trabalha para que a vergonha não fuja do meu corpo."

Mãos finas, de dedos alongados sobre as pernas, ereta, escutava, a noite bordando-se de inquietações e desejos. Não fossem as ânsias, seria capaz de apagar o candeeiro. Mas de que valeria a escuridão, se a madrugada estava repleta de suspeitas? "Lacram portas e janelas? Não estão dispostos à luta aberta? Luta de corpo solto, punhal contra punhal, os campos tingidos de sangue?"

"Antes do amanhecer ele virá. Os amantes sabem que o amanhecer necessita de cânticos de galos e abraços."

Havia duas Dinas, ela sabia. Duas. Uma, tão imóvel como numa fotografia, dentro do espelho; a outra, igualmente imóvel mas tão agitada como as sombras espalhadas pelos candeeiros, sentada na cama. Feito duas estranhas. "Sou eu — disse sem alterar os ombros — e parece que não sou eu." Por muito pouco o sorriso não escapulia dos lábios.

Repreendeu-se: não poderia sorrir enquanto Abel não retornasse. Ele estava lutando para evitar o duelo. E nem precisava. Ela tinha certeza: não precisava. Tivera cuidados, a fuga detalhada. Que aprendeu com a mãe. Ouvia-a contando. Tanto tempo havia passado, e Sara, a mãe, ainda contava com as mesmas palavras, as mesmas pausas, a mesma entonação. A fuga vinha do sangue.

Enquanto se preparava, rememorava a fuga da mãe. Tão mais difícil quanto complicada. Naquele tempo não se tocava na carne enquanto as bodas não se realizassem. Sara dissera: "Levei apenas dois vestidos, ninguém foge carregando fardos." Daí cuidou de arrumar a mala com o trivial, além de uma camisola.

Um relâmpago no pensamento e o enigma estava decifrado: as duas Dinas eram ela e a mãe, a que ensinara os mistérios da fuga, durante toda a vida. A outra imóvel dentro do espelho não podia repreendê-la: entendia as ânsias do sangue, o coração partindo-se entre a garganta e o peito.

Ela era Sara. A mãe, no entanto, teve que fugir dois dias até casar. Tivera que dormir no povoado de Urimamãs, na primeira noite. E para não despertar suspeita, foi o pai quem sugeriu: "Diga que é minha irmã. Se alguém perguntar, responda sempre, sem inverter as palavras: sou irmã dele." Foi assim. O dono da hospedaria quis saber, respondeu: "Sou irmã dele." Por isso dormiram em quartos separados. "Passei a noite inteira diante do espelho" — a voz da mãe que agora, porém, não podia ouvir inteira: os ruídos de martelos e serrotes incomodavam. "Não queria dormir, e nem devia. Desde que a mulher se desgarra dos pais para acompanhar o marido, não pode esquecer que a cama tem dois donos."

Quando o dia acordou, o pai soubera que estranhos estiveram na hospedaria durante a noite, em busca de um casal de fugitivos, noivo e noiva. O dono, o homem que alugara os quartos, respondeu: "Dormem aqui dois irmãos, um rapaz e uma moça." Os estranhos, sem o sol na da suspeita, continuaram a busca. Eram os irmãos de Sara.

Dina ficou ainda mais inquieta quando a madrugada se afundou no silêncio. Pararam de trabalhar, os homens. Depois ela escutou as patas de um cavalo em correria.

ABEL esperando, o sangue latejando na garganta, controlava-se para não invadir o quarto antes que o sol despertasse a manhã. Judas avisara: voltaria logo. Armava emboscadas. Duelara a madrugada inteira, carecia de consideração. Agora era obedecer-lhe, só lhe obedecer, o irmão tinha artes.

Enquanto o cavalo de Judas desembestava, cumpriu o trato: rasgou os panos negros guardados no baú, preparou o caixão, as batidas das tarraxas deveriam causar ansiedade em Dina. Depois de pronto, ele próprio, Abel, duelara, preparou quatro tamboretes, colocou-os no centro da sala, acendeu os quatro candeeiros, que eram os candelabros, esperou-o.

"Se invadisse o quatro só para vê-la? Só para tocá-la? Só para tocar nas carnes trêmulas?"

Judas, finalmente, apareceu — voltava, o homem voltava, suor e cansaço possuindo o corpo, possuindo os músculos aluminosos. Não estivesse a cavalo, diria: foi correndo, usando as próprias pernas.

Sentando-se, as mãos enxugando o rosto, mais do que enxugando, arrastando o suor renitente, disse:

— Abel, agora é preciso a encenação — respirou. Você fica dentro do caixão, um morto a quem nem a respiração incomoda.

— De que valerá isso?

— Respeitarão um morto, eles respeitarão um morto. É o tempo que teremos até a celebração das bodas.

— Vão acreditar que Dina se casou com um ressuscitado?

— Depois a gente inventa outra artimanha.

— E Dina?

— Vou levá-la à capela. Lá ninguém desconfia.

Vacilar, é verdade, Abel ainda vacilou. Fingir a morte não é atrai-la?

A encenação precisa de enfeites, todos sabem. Daí foi que Abel teve que sujar as roupas, rasgar os ombros da camisa, na testa passou um pano sujo de mercuro-cromo.

— Agora deite-se. E espere.

— Eles chegarão logo?

— É preciso ter cuidados.

Sem que Abel resistisse, já de pé era o morto — estranho o próprio morto diante do caixão —, teve que contar com ajuda do irmão para ocupar seu espaço. Deitou-se, cruzou as mãos sobre o peito, fechou os olhos. A face alumiada pelos candeeiros tremeluzia. Mas quando Judas pegou a tampa, rejeitou:

— A tampa, não. Vou sufocar.

— Não sufocará, acredite. Além de agricultor, sou também carpinteiro, você sabe. Por isso abri uma janela à altura do rosto. No campo não respiraria assim.

— Não entendo.

— Os Florêncio podem chegar a qualquer hora.

Foi o que disse, e dizendo, cobriu o corpo com a tampa — o caixão completo, candeeiros acesos, a imobilidade das pedras. Dentro, guardado, Abel ainda quis falar, talvez reagir. Lembrando-se, porém, das delícias, Dina esperando-o, resignou-se como não se resignaria um cavalo estourado.

Judas levantou-se para completar o plano. Empurrou a porta do quarto. Encontrou Dina, a moça, sentada na mesma posição, imóvel. Os olhos, entretanto, eram inquietos, tão inquietos quanto deviam estar os ouvidos. Inquieta a alma, à espera.

Forte e audacioso, ela sabia — era Judas. Um homem a quem não se nega, na sua força, o prazer do silêncio. Pela primeira vez desde que entrara no quarto, ela descruzou as mãos que estavam sobre as pernas, ergueu os ombros, protegeu-se.

— Dina!

Ele disse — e quem diz — Dina! — com a voz de pluma saindo do corpo indomável, não precisa compreender que a agonia vem depois. Dina — foi o que ele disse, sem repetir, mas com o sangue em tumulto, os olhos presos nos seios trêmulos. Caberia seu corpo sob o dele? Afastou-se um pouco da cama, e Judas veio, veio aproximando-se. De repente, feito a luz que se multiplica, os dois estavam dentro do espelho - dois rostos a que não se podia comparar.

— Onde está Abel?

Para quem ouvira tantos ruídos, a madrugada de machados, serrotes, panos rasgados, batidas e ventos, a pergunta estava prenhe de inquietações.

— Ele está protegido. Teve de sair por um instante. Fiquei para protegê-la.

— Não seria melhor os dois?

— Sei o que faço.

— Lutaria com vocês.

— Se é assim, lutaremos os dois.

Quando terminou a sentença estavam tão próximos que era possível entrançar os cabelos.

— Abel nunca foi covarde — ela disse.

— Nunca foi e não é. Precaução não é covardia.

Disse, em seguida, que ela não podia ficar ali. Rapto custa caro. Teria de escondê-la, pela força da necessidade, na capela da fazenda. Enquanto ela, a vaidade exige cuidados — havia vaidade na face tensa de Dina? —, olhava-se no espelho escurecido, Judas apanhou o rifle encostado no canto da parede.

Abriu a porta, atravessaram o corredor — o final do corredor —, venceram a sala de refeições. Atrás de Judas, ela tinha a respiração de ansiedade. Os dedos rudes do homem criaram leveza no instante em que, decisão e coragem, tirou a tramela, arrastou o trinco: a noite inteira apareceu.

Foi nesse instante — o sangue estacou um segundo para reiniciar seu movimento acelerado — que Dina, tão leve a mão e fria e nervosa, segurou os dedos de Judas. Necessitava, ela necessitava não só de proteção: exigia. Daí que ele também segurou sua mão, rudes as mãos e o gesto acarinhado.

Caminharam. Bem à esquerda, um vulto petrificado, estava a capela. Usou a chave velha, tanto tempo não era usada, uma vez por ano rezavam aos pais, os dois ali sepultados, logo na entrada, as lápides com os nomes escritos. Pequena e acanhada, a capela também estava escura, não lembrou de levar velas ou candeeiro, confiou no conhecimento, quem sabe na pressa.

Morcegos esvoaçavam, — tanto esvoaçavam em vôos rasantes e rápidos, que passaram sobre a cabeça dele, rentes. Dina, ela segurou a cintura de Judas, os braços sem músculos, proteção de quem pede exageros. Ele quis dizer alguma coisa, assim como: "Não tenha medo". Os lábios não se abriram porque não sentiu necessidade. A proteção estava no seu corpo. O corpo rijo da ousadia.

Um instante, só um instante passaram assim parados, a madrugada veria os olhos temerosos da mulher. Depois ele, sem se livrar dos braços, meteu a mão no bolso e tirou a caixa de fósforos. Era pouca a luz, pouca e insegura, mas o suficiente para que as paredes gastas, rebocos feito feridas, caibros enegrecidos, pudessem ser vistos. Exigisse um pouco mais da vista e seria capaz de observar teias de aranha no teto. E na frente, bem mais na frente, depois de atravessar os bancos, poucos e gastos, os bancos de madeira empoeirados, o altar — todo o altar construído em madeira talhada, desenhos e formas, sobre ele os santos, tão quietos que os morcegos não poderiam incomodar. Havia ainda duas portas laterais, bem fechadas, as tramelas cruzadas por dentro, fortaleza e oração.

— Por aqui.

Dina escutou. Escutaria um cisco arrastando-se no chão. Mas o "por aqui" não foi o suficiente para que andasse. Judas, foi Judas quem começou a andar, primeiro com a dificuldade de quem carrega um fardo. Difícil para ela era imaginar que ficaria ali o resto da madrugada, ameaçada pelos morcegos, eram tantos, sob a proteção dos santos.

Subiram uma pequena escada de madeira, as ripas rangiam. Ela atravessou os braços no corpo de Judas. Chegando ao coro, com as vistas de quem teme e sofre, ela procurou logo onde dormir. E, se não onde dormir, onde descansar o corpo, já cansado, embora satisfeito. Só havia uma janela, no alto, bem no alto, vista quando Judas a abriu. A madrugada entrou por brecha tão pequena. Era uma nesga muito acanhada de luz, de luz que brota das entranhas da madrugada, a lua escondida por nuvens. Mesmo assim, ela respirou: era luz. Ficou parada, à espera do que fazer.

Judas viu-a inteira, pelos contornos que a luz azulecida criava, uma mulher, os cabelos longos e negros, sabia que o rosto era alvo, os lábios finos e o nariz afilado. Só quem conhece os riscos do sangue, compreende. Compreende por que Judas abraçou Dina. Lutou. É verdade: ela lutou. Mas pode o ramo contra a pedra? Lutou e disse:

— Não, não foi para isso.

Falar mesmo, ele não falou. Tanto quanto Abel: os dois a desejaram. Duelaram em silêncio, os irmãos, anos seguidos. Ele, agora, não perderia a oportunidade. Foi por causa dos morcegos, havia tantos ali, que ela gritou?

Enquanto tentava reagir, embora conhecendo a inutilidade dos gestos, verificou quando Judas amordaçou seus lábios com um lenço. Não falaria, agora, senão com os olhos. E tão longe estava Abel que, com a mais absoluta certeza, não compreenderia a linguagem dos olhos. Relutou, muito relutou, e os braços esforçaram-se, as pernas debateram-se. Mordia o lenço atravessado nos dentes. O vento batia na janela da capela. A vida estraçalhada em dores.

O corpo, o que restava do corpo em Dina, estava domado. Acostumado aos bichos, Judas não seria sufocado por uma mulher, por mais cruel e estúpida que fosse a luta. As saias levantadas, rasgadas, as roupas de baixo partidas, não pôde mais resistir.

Sentiu-o, entre a dor e o prazer agonioso, os olhos tinham mais raiva do que doçura. Dina ainda queria gritar — e gritava: mas os gritos, ao contrário, entravam pela garganta. A mordaça prendia a boca, os dentes, a raiva, a alma.

Quando Judas se levantou, ainda era o mesmo homem: o rosto taciturno, os olhos de cão medonho, cão que fareja presas pelos matos.

Tendo concluído o trabalho — se era mesmo trabalho, luta ou prazer, retirou a mordaça. Dina, violada, estava sentada no chão — o sangue era o sinal, tão pouco o sangue, as vestes denunciando a violência.

Depois que se levantou, colocou o chapéu e acendeu o cigarro — por um segundo Dina jurou que viu ternura nos seus olhos — Judas preparou-se para sair.

— Agora, — disse, os lábios tensos — ficará aqui, enquanto esperamos seus irmãos. Eles já devem estar a caminho.

Dina só tinha uma frase:

— Você é um vagabundo.

Continuou sentada no chão, nem mais os morcegos faziam medo, as linhas do corpo traçadas pela luz da madrugada.

Não houve resposta. E se houve, foram as passadas duras e pesadas em direção à escada de madeira. Voltou para apanhar o rifle no chão. Não lhe dirigiu olhares. Desceu degrau a degrau, com lentidão e agonia. É que Judas sentiu, a flecha que atravessa o corpo, remorso. Tão rápido e o remorso chegava com a força de dores insuportáveis, ainda não desgrudara da pele o cheiro de Dina. Abel não seria capaz de perdoá-lo. Não, nunca. Em vez de ofender os dois, ofendera-se.

Parou no primeiro banco, ajoelhou-se, os olhos enevoados, alma pesada de desespero. "O que houve comigo?" Era apenas uma pergunta, uma indagação vazia? Subir para pedir desculpas, de nada valeria. Confessar-se a Abel, seria inútil. De uma forma ou de outra ele tomaria conhecimento. Causara transtornos à moça: não casaria nem retornaria à casa. Que uma mulher só fica entre os seus enquanto o sangue está retido nas entranhas.

E o que não podia suportar era a repelência que sentia agora. Algo mais forte e mais cruel do que ter maculado Dina. Repelia-a. Uma espécie de nojo, de lodo, criava-se no escuro do seu coração. A injustiça tríplice: para com ele, para com ela, para com Abel — ele, o irmão, que lutara para tê-la em casa. Repelia-a.

Os olhos magoados procuraram o altar. Os santos eram apenas vultos, vultos que se alteravam com os vôos dos morcegos, indo e vindo, equilibrando-se nos caibros, balançando-se. Mais valia tê-la deixado no quarto. Os Florêncio não invadiriam a casa. Mas imaginou que na capela ela estaria mais protegida, ali eles não a encontrariam. Foi por isso que a levou. Não pensava mesmo em violentá-la.

E nem sequer podia acreditar que a repelência, o nojo, viria tão cedo quanto o desejo. Foi algo fulminante, como morrer cortado por um raio. Um segundo tem a duração de uma vida, agora ele sabia — ou a vida não é senão um segundo doloroso? A um irmão não se fere. A uma cunhada não se deseja. Vultos, ele e os santos, que eram de madeira mas deviam estar sofrendo. Não são os pecadores que necessitam de oração? O que era mais forte, meu Deus: o remorso ou a repelência? E o que mais repelia: o corpo de Dina ou o seu?

— Por minha alma não passa a salvação —, foi o que disse.

Dito isso, levantou-se. E se ficou de pé foi porque a luta estava a caminho, não era possível evitá-la. Pudesse, recusaria ouvir os próprios passos, que ali — silêncio e dor — tinham a força de castigo. Abel sempre fora tão cordato, o irmão. Um irmão como um irmão pode ser: sangue e alma.

A luta estava a caminho? A luta estava dentro dele? Que tipo de luta era mais fácil enfrentar?

Fechou a porta da igreja, do terreiro podia ver a janela aberta. Só por um instante acreditou nas histórias da infância: os cabelos de Dina cresceriam tanto, a ponto de por eles subir para tirá-la do cativeiro. Nisso jamais poderia acreditar: o cativeiro fora ele mesmo que criara, não com trancas e trincos, bruxos malvados, fora a insensatez do corpo.

Da sala vinha a luz do candeeiro, os candelabros. Encontrou o caixão negro fechado, o rosto de Abel medonhamente assustado e irritado, aparecendo na abertura da tampa. Prendeu os lábios para não rir. "Por que aceitou ficar aí? Por que não reagiu? Quis apenas assustar os Florêncio se chegassem antes do meu retorno."

Retirou a tampa do caixão.

— Por que demorou tanto?

— Precisei tomar providências.

E com o lenço, o mesmo lenço que amordaçara a boca de Dina — a que agora chorava na capela cobrindo o rosto envergonhado — enxugou o suor do rosto de Abel.

— Onde está Dina?

— Levei-a para a capela. Ali estará mais segura.

— Você é que devia estar aqui dentro. Aliás, nem sei por que fiquei tanto tempo sozinho. Não havia necessidade.

— Havia, sim. Não se preocupe. Fingi que raptei Dina. Eles vão me procurar.

— Ainda demoram?

— Como vou saber?

Desconfiar mesmo, um morto sentado no seu caixão, Abel não desconfiou. Percebeu apenas que o irmão estava cansado e agitado. Mesmo assim, nem lendo nos astros acreditaria na traição.

"Tão logo termine tudo isso, vou me confessar. Um homem derrotado não pode guardar segredo. E ela, meu Deus, ela dirá alguma coisa?"

Num instante, sem explicação, em busca de ar e luz, Judas abriu portas e janelas. "O pior é que não suportei viver com ela. É uma mulher que até mesmo os cães vão rejeitar." O vento intranqüilizou os candeeiros. Estranho o morto ainda sentado.

— Agora deite-se, Abel. Não vê que as portas e janelas estão abertas?

O morto, na sua encenação, deitou-se. A manhã, leveza e alvura de manhã, com o que tem de ventos e ruídos, estava vindo.

VINDO. Com a clareza azulada da manhã e o bordado dos pássaros, também estavam vindo os irmãos Florêncio. Não foi difícil distingui-los entre as veredas da serra. A princípio, apenas manchas, cadenciadas, e depois presenças concretas. Lado a lado, vinham quase lado a lado.

Judas segurou o rifle, balas na cartucheira da cintura, acocorou-se no alpendre — um homem que sofre tão grandes dores não consegue ficar sentado. O rosto compungido, o chapéu na cabeca, o cigarro nos lábios. Espera, expectativa, segurança.

Para quem tinha sido desonrado, os homens vinham lentos — tão lentos que os cavalos se sacudiam parecendo carregar apenas alforjes, os rifles atravessados nas selas. A manhã, o sol lerdo arrastando-se nas pedras amarelecidas, cactos e espinhos, o negrume das árvores transformando-se em verde, o dia despertando.

Antes de sair para o alpendre, Judas tivera o cuidado de cobrir Abel com a tampa do caixão, seria apenas mais um momento de espera. O que temia, o coração aos galopes, era que Dina gritasse lá da capela. Mas uma mulher, lutava para acreditar, que perde a virgindade, e conhecendo os irmãos que tem, transformaria as palavras em mudez.

Os cavalos, foram os cavalos dos irmãos Florêncio que pararam no pátio da fazenda. Os rifles denunciavam desejo de guerra e combate. Daí para a frente era usar habilidade de quem tece um vestido.

Judas permaneceu acocorado, a fumaça cobrindo os olhos. Fizeram silêncio, um curto silêncio, desse silêncio repleto de ansiedade. Ansiedade e ousadia.

— Onde está Dina?

A pergunta, a voz de pedra escapulindo dos lábios, foi de Jordão Florêncio, o mais velho.

Nem terminara de falar, e os olhos de Inácio, de cima do cavalo, tão próximo estava do alpendre, alcançando a janela e daí a sala, viram o caixão arrodeado de candeeiros, com chamas que se deitavam. Os ventos horizontais.

— Está morta.

Foi o que ele disse, seco. Foi o que Inácio disse, de certa forma respondendo à pergunta do irmão, já que Judas continuava de cócoras, o rifle sobre os joelhos, uma pedra que interrompia o caminho. Todos o conheciam: era assim calado e ausente. Casmurro e áspero.

— Está morta?

Já era a nova indagação de Jordão — como quem mais do que tem pressa, zanga-se.

Judas levantou os olhos, ainda não falara — os olhos dos mansos agitados. Erguendo-se, as articulações estalaram, entrou na casa. Por que dera as costas? Os que sofrem não temem balas? O rifle numa das mãos, parou no meio da sala.

Escutou os irmãos saltando dos cavalos, também eles não largavam os rifles. Tanta coragem tinham, no entanto, não se recusavam a entrar na casa, raiva controlada.

Inácio, tão mais jovem quanto apressado, gritou:

— É Abel! Não é Dina! Ele mentiu!

Os dois, se pelo menos não tiveram piedade, guardaram a raiva para depois, de certa forma vingados. Judas só temeu quando viu a face de Abel ligeiramente suada. Os olhos fechados, a boca lacrada, a respiração, se existia, era para dentro.

Jordão, que era monótono feito Judas, quis saber:

— Quem matou Abel?

Diante do silêncio, continuou:

— Há uma coisa que não entendo. Quem amava Dina era ele. Você, tive tempo de vê-lo, raptou-a. Duelaram? Foi você quem o matou?

Um homem, um homem que não tivesse rédeas de emoções, talvez se traísse. Menos Judas. Pois ele contou que saiu para buscar Dina, de acordo com o plano fechado. Na volta, encontrou Abel estendido no terreiro: havia levado uma queda do cavalo, não sabia em que aventura, quebrara a cabeça, provavelmente batendo-a numa pedra. "Foi a vingança que veio na frente." Mesmo os inimigos aprendem a respeitar — ainda que seja respeito de músculos contraídos. Inácio estava pensando. "A morte sabe a quem atingir."

Calaram-se.

Jordão revelou, depois, todos sentados em cadeiras, semelhantes a rezadeiras e penitentes, que esperara que o dia amanhecesse para virem à fazenda.

Judas levantou-se, passou um pano no rosto de Abel para que, novamente, não percebessem o suor.

— Não para levar Dina de volta — continuou Jordão. — Isso não se faz. Foi tocada por mãos de homem, não serve. Não a queremos.

Mas para exigir o casamento, que os dois deviam casar-se, não viveriam feito amancebados — continuou Inácio, a palavra mais solta, completando que estavam mais ofendidos com ela do que com eles, sobretudo com Judas. E não teriam o direito de visitá-los em casa.

— O casamento, no entanto, é exigido — insistiu Jordão.

— Caso com ela, sim. Por isso a trouxe.

A voz que chegou aos ouvidos de Abel — o morto — era abafada. Ele, porém, não tinha dúvidas. Quem estava falando, a voz rouca de quem não tem costume de falar, era Judas.

— E Dina? Onde está Dina?

— Levei-a à casa de um compadre para evitar que, num possível combate, sofresse golpe.

Os dois olharam-se. Os dois: Jordão e Inácio. Depois de olharem-se, insistiram: casassem os dois, Dina continuava proibida de ir à casa da família. Não queriam vê-la. Nem vestida de noiva.

Concordou. Judas concordou. E concordando sabia que seria obrigado a viver com uma mulher que repelia. A mulher que o irmão amava.

— Adeus.

Nem de Jordão nem de Inácio foi difícil identificar a voz. Os cavalos trotaram na despedida. Também eles, os Florêncio, não tinham pressa. Abel escutou. De alguma forma a vingança já estava feita mesmo, viera antes da desfeita.

Não viram os irmãos, o caixão ali no meio da sala? Abel morrera. Morreram: um de cada lado e de morte diferente: pois quem foge de casa encontra a morte. Agora retomariam para informar à família. Tudo como fora acertado e mais ainda. Os candeeiros eram os sinais iluminados da vingança, embora um deles já estivesse apagado.

O morto, Abel, sacudiu a tampa do caixão. Não tinha rosto: uma contorção de raiva.

— Casar-se?! — Tão alto e tão rompante. — Você não poderá casar-se com ela. O rapto foi só fingimento.

Judas, a calma e o comando, colocou o rifle atrás da porta, mesmo diante do grito. Do grito e dos gritos, das palavras, medonhas palavras atiradas por um morto que, vestido formalmente, a cabeça enrolada num pano sujo de tinta vermelha, se levantava de seu caixão, um fantasma cujo corpo tremia e se irritava.

Abel andou de um lado para outro — o sol esquentando a sala, o caixão vazio, os candeeiros, apenas três acesos, o terceiro acabando o pavio — certo de que havia sido traído. Ou era apenas trama sobre trama do irmão? Astúcias para evitar mortes, encenações e disparates? Quis rir, o riso não veio — alguma sombra confirmava a verdade.

— Onde está Dina?

Um homem sabe que já não é mais um morto fingido quando o punhal está todo enfincado nas costas. O que recebeu foi a chave da capela, imensa a chave.

— A chave da capela?

As pernas comandaram a pressa. Quase dava murros na enorme porta de madeira enquanto a chave rangia na fechadura. Entrou: os bancos vazios, os santos na paciência da capela desabitada, os bancos empoeirados, o eco que acompanhava as passadas. "Guardou-a lá em cima." E subiu a antiga escada, os pés indecisos nos degraus.

Os olhos precisavam ter a coragem dos músculos para ver. Sentada no chão, os cabelos arriados sobre os ombros, as vestes rasgadas, a face, se era mesmo uma face, coberta de agonia, estava Dina. Uma espécie de prisioneira a quem a liberdade não interessa. As mãos, as mãos tão alvas e dedos longos — como numa posição que adotara para sempre — pousavam sobre o ventre.

Não precisavam falar. Inúteis as palavras semelhantes à luz que entrava pela janela. Uma janela batida pelo vento.

Dina recuperou o fôlego.

— Não posso nunca mais casar com você.

Uma só palavra acrescentada nada somaria. Apesar da luz do dia, o sol atravessando o quarto com uma réstia feito punhal, ainda havia leves sombras. Abel baixou a cabeça, os olhos enterrados no chão irregular. Desde menino, desde que as pernas se assentaram na terra, não sentira tão grande ira por Judas. Uma ira, porém, que tinha algo de penitente.

Depois saiu. A voz não o ajudaria. Morto estivera simulado, morto era agora. A solidão matara a alegria. Descendo a escada, lamentava o esforço inútil para raptá-la. A ira pelo irmão ainda sufocava. Mas não queria odiá-lo. Isso é que não. Nem a ira nem o ódio. Nem por Judas nem por Dina.

Foi isso o que Judas decifrou ao ver o irmão no alpendre, no retorno da capela. Não podia negar: preparou-se para combatê-lo, sangue contra sangue, corpo contra corpo, o alvoroço da intriga. Nem negava que Abel tinha feições de dor e raiva. Raiva a que não faltavam coragem, decisão e vigor. Traído, atraiçoado. Traição que nem ele mesmo, Judas, perdoava. Porque bastava ver o irmão, bastava vê-lo para perceber que ele tinha uma ira estranha. Feito quem castiga, mas castiga amando. O irmão podia desfazer-se do punhal, mas o punhal que ele tinha, nos gestos e no olhar, era o punhal que a lua alumia para evitar emboscadas. Estava certo: não usaria punhal ou espada, um só cabelo não cairia de sua cabeça.

Sem que percebesse — não era tão claro como o sol — Judas enveredou pelo sofrimento — o túnel de um tal visgo, de uma tal atração, que lutando para evitá-lo ainda mais se enredava. Túnel ou pântano. "Isso não pode estar acontecendo comigo. Não é justo" —, repetia. Quanto mais repetia, mais sentia dor. Nem podia olhar o irmão. Que impulso medonho, escuro e pegajoso o atraíra?

Surpresa foi escutar os ruídos da casa. Dina assumira o comando, por certo sabia que era inevitável o habitual: a vassoura, o espanador sacudindo os móveis, a comida cheirando nas panelas. Fora tudo preparado: o Destino usa linhas e agulhas.

Houvesse decisão chamaria Abel para dizer: "Não devia ter feito o que fiz. Não o mereço. Vou embora. Passo em cartório a fazenda. A fazenda e Dina." Mas não tinha coragem, não tinha coragem de revelar seu segredo: segredo é coisa que somente o coração suporta. E sair, ir embora, traçar veredas e aventuras, seria deixá-lo só, sozinho, o braço entregue ao trabalho. Ele, Judas, não poderia abandoná-lo. Mesmo mais velho necessitaria dele.

Na hora do almoço viu os olhos de punhais: eram os olhos de punhais de Abel, tão brilhantes e tão incandescentes, que foi obrigado a arriar, ainda mais, a aba do chapéu, escondendo o rosto. E rejeitava, com toda a ousadia que tivera antes, rejeitava os olhares de punhal. De ódio? Punhais de ódio? Não podia decifrar, conhecedor de mistérios, não podia decifrar: pois que dentro do ódio, os punhais incandescentes, havia uma tal pureza, uma tal doçura, uma tamanha meiguice, que era o sol feito lua.

"A um irmão se quer sempre: pelo sangue e pela carne, pelo coração amargurado." Repetia a si mesmo e, repetindo, sentia que alguma coisa enlodecera em sua alma.

Enquanto o dia passava, Judas não alcançava a calma. Não sabia por que tão cedo sentia aqueles sentimentos contraditórios. — Sobretudo porque o irmão não soubera reagir, e Dina, como só acontece com as mulheres decididas, parecia resignada. Mas era difícil enfrentá-la. Sentia uma gastura, olhando-a. Nojo, amargura.

À noite, sentado junto à mesa, outra vez, a sala penumbrada, remoía uma por uma as dores — que não era uma única dor, uma só, somavam-se, as dores somavam-se, formando um rosário, e daí um círculo, outro círculo, de pequenas esferas doloridas, difícil de suportar. Era impossível enfrentar até mesmo a respiração de Abel. O cheiro, os movimentos de Dina.

Mas Abel sabia que ele, Judas, também amava — amara — Dina. Amara-a de uma forma diferente, sem coragem para aproximações, para dizer amo-a, o fundo dos olhos no fundo do coração, sabia e, no entanto, trouxe-a. Agora era suportar o lenho que a agonia obriga a carregar sobre os ombros.

"A dor só maltrata e ofende quando é com a gente" — quis dizer. Houve um momento em que ensaiou coragem. Também estava ofendido. Com ele mesmo e com Abel, com Dina. O traidor ofende-se?

À NOITE, quando Abel se trancou no quarto, Judas cobriu a cabeça com o chapéu de feltro, colocou o punhal na cintura, coberto pela camisa, e saiu. Não havia lua, e os grilos que o ensinavam a assobiar acompanharam as passadas lentas do cavalo dentro da mata. Chegando ao povoado, viu que havia candeeiros acesos em algumas casas de portas fechadas, parecendo pequenos fachos de silêncio e solidão; ou em janelas abertas, onde, na penumbra descobria cabeças, gente na conversa da noite habitual; ouvia os latidos dos cães e como não costumava falar, mesmo com a alma, atravessou passantes sem trocar palavras. O rosto, invariavelmente, estava coberto pelas sombras do chapéu.

Deteve-se um instante no arruado, escutando murmúrios que subiam e se emaranhavam. Não havia música e as velhas casas tinham ar de touceiras abandonadas. Depois bateu numa porta com a mesma monotonia dos gestos e do andar. Com a monotonia de sua vida lerda, compacta e compassada — agora assolada pela agonia e pelo dilaceramento. Antes que o atendessem, teve que afastar com um chute o cão farejador.

— Quem é? – A voz vinha de trás da porta e não era apenas abafada, tinha irritação e zanga.

— Judas!

Foi o que respondeu, e não queria repetir nem acrescentar mais nada. Uma única palavra — ainda que fosse novamente o seu nome — romperia a integração com a noite.

A mulher, com a cara de indiferença — e pareceu-lhe distinguir, também, um quase sorriso cúmplice, sorriso de mulher que conhece as armadilhas da noite, abriu primeiro a porta de cima e, verificando que era ele mesmo, arrastou o trinco de baixo.

A sala tinha os costumes da solidão: pequena, acanhada, vazia, principalmente vazia. Uma casa para encontro de corpos vagabundos — via logo. Diante do candeeiro, primeiro arrastou o punhal que colocou sobre uma cadeira, depois retirou a camisa, as botas e, por último, as calças e as roupas de baixo.

Nu, inteiramente nu, diante de um ambiente quase lúgubre e mórbido — somente naquele instante percebeu que permanecia com o chapéu — esperou e esperar, para ele, não significava tempo perdido ou demora. Observou estranheza de intriga nos olhos da mulher. Se ela sorria, o sorriso dos irônicos, era para seu uso exclusivo. Um sorriso ou apenas um ríctus. Ela continuou imóvel, como imóvel estava ele, nu, o chapéu na cabeça e o cigarro esquecido no canto da boca.

Os dois, a nudez enfrentando a ironia, sem uma palavra e quase sem respiração. Era preciso que ela compreendesse: estava ali para completar os galopes do sangue. A mulher, no entanto, dando-lhe as costas, caminhou para o quarto e trancou-se — uma mulher a que nem o silêncio seria capaz de incomodar.

Trancou-se e ele percebeu que estava abandonado e nu, repelido e rejeitado, quando ouviu o trinco gemendo por dentro. Não sentiu raiva. Surpreendeu-se, apenas, ao verificar que a porta da casa continuava aberta. Pensou em Dina trancada na casa da fazenda. E em Abel, traído, esquecido no quarto. Teriam ousadia de tramar novo novelo de traição? Não suportaria. Mesmo sabendo que repelia e enojava.

Sem pressa, àquela hora da noite não passaria ninguém pela calçada, e no mesmo ritual de sempre — um homem que sofre, a humilhação corroendo a carne; peça por peça corroendo a vergonha esfarrapada — vestiu a calça, a camisa, o punhal na cintura, e, sem cuidado — mesmo sem o propósito do desrespeito —, saiu sem fechar a porta. Retirou-se. Fora buscar ali o fruto que não encontrara em Dina.

Nenhuma das passadas do cavalo revelavam intriga e dor. Eram passadas que decifram a noite — lerdas e lentas, sem a pressa que incomoda os loucos.

Nem mesmo sofreu surpresa ou novo açoite de humilhação quando repetiu, repetiria sempre: "A dor só maltrata e ofende quando é com a gente." E aí foi que compreendeu o que estava dizendo a si mesmo — e um homem diante de si mesmo conhece a crueldade dos espelhos.

Continuou a marcha, deixando que os grilos substituíssem o assobio, até que apagou o cigarro. Depois ele mesmo assobiou. A noite passava para dentro dele.

O que Judas não conseguia entender: o ódio irrompeu tão medonho apenas por causa de uma mulher? Talvez, avaliou, fosse bicho já guardado nas grutas do coração, pássaro arrebentando o ovo, sacudindo as asas implumes. Não, não era assim. A culpa fora de Abel, ele que trouxera Dina, que sabia, ele sabia: gostava dela bem de longe.

"Apenas uma mulher." Também jurara proteger e amar Abel, embora fosse mais moço, quando os pais morreram. "Mas as mulheres, como aquela, têm feitiço. Fosse outra, talvez nem tivesse olhos para vê-la." Não podia suportar, visão sobre visão: nu, inteiramente nu, o chapéu na cabeça e o cigarro na boca, alumiado pela luz indiscreta do candeeiro, ele parado no meio da sala. Nem ficara nu para possuir Dina. Que culpa, que culpa estaria reservada a Abel?

Estacou noutra casa do arruado. Sentiu que a ponta do punhal, embora embainhado, lhe incomodava a coxa. Entrou num bar. Acercou-se da mesa de jogos. Admirava um feitiço, uma atração — o traçado do baralho armando surpresas, os homens todos quase apenas sombras, pouco alumiados pela luz dos candeeiros e ainda mais ofuscados pela fumaça dos candeeiros — era tanta a fumaça que a nuvem inteira sufocava a sala.

Nada, no entanto, parecia fustigar a solidão, mais do que solidão, angústia dolorosa e inquietante. Sentou-se perto da mesa de jogos. Não era difícil ver cabos de revólveres e de punhais, rostos macerados pelo sono, olhos pesados. Pediu uma bebida, um copo inteiro de aguardente, a garganta ardia. Já não pensava. Ou, pelo menos, não desejava pensar.

— Também joga?

Fosse mais baixo, imaginaria que não era com ele.

— Jogo.

O homem levantou-se, vestiu o capote de couro, retirou-se. Tanto tempo não ia ali que os outros talvez nem se lembrassem do seu nome. Não tirou o chapéu nem apagou o cigarro. Não havia necessidade. Na sala, como nos arredores, havia uma calma de campo morto. Durante o corte das cartas pediu um novo gole de aguardente. Flutuavam a alma e a solidão.

— Canastra?

— Canastra.

— Dura?

— Dura.

Só pelo costume da lerdeza e da lentidão, recolheu as cartas, a princípio, uma a uma — descortinava os mistérios. Também ele, a seu modo, a técnica das premonições e dos adivinhos, ele mesmo um bruxo, conhecia os segredos para os outros inviolados, lia nas figuras, nos símbolos e nos números os rumos atravessados da vida.

Bateu, levemente, com a palma da mão sobre a mesa, quando descobriu, entre os dedos, a riqueza mágica e um rei e uma dama de ouros. Luxo, vida farta, o losango que não é outra coisa senão a figura de dois triângulos. Estariam certos os violadores do Destino?

Por que o Destino se estampa no claro-escuro de revelações? Jogava para esquecer as armadilhas — por isso admitira a diversão. No entanto, por que vinham as cartas tão traiçoeiras? Guardou ensaio de sorriso — que nem mesmo o sorriso era prazer — nos escuros dos lábios. Um rei e dama de ouros — que diziam — cortados por um valete de espadas — o Anjo Vingador? As três cartas, os dois triângulos, a arma. Pois agora, os olhos que vêem através de paredes, podia adivinhar: o losango era o símbolo inconteste da riqueza, da intriga, do amor. Cortado por uma espada, o valete coroado, era o Destino partido ao meio, a justificação, a morte anunciada. Traiu. E se traiu foi, porquê, antes que conhecesse o mistério, a espada se colocara entre o rei e a dama de ouros. Com a mão leve, pluma de ave, trouxe — e desta vez os lábios não deixaram mesmo de alumiar o sorriso — um nove de espadas. Nove que é o três tríplice, em pé; e invertido, o seis, o três duplo, todos enegrecidos; sem contar que no interior da carta apareciam os nove sinais, sendo quatro de cada lado e um no centro. Traçando-se uma linha horizontal imaginária entre o sinal ♠ do centro e os quatro de cima, poderia criar um novo triângulo, igualmente imaginário; assim como, partindo do mesmo sinal para as extremidades inferiores, se estabeleceria outro triângulo; ao todo, dois triângulos negros e escuros, sempre imaginários, sob o símbolo da espadas. O mesmo signo que, avermelhado, recriava o ouros, o rei e a dama das cartas anteriores.

Assim, justificava-se a traição — o aparecimento do triângulo, pelo terceiro elemento, entre o rei e a dama. Foi o que vira nos braços cruzados de Abel, na noite da traição — ele próprio traçando as linhas do mistério. Se isso tudo não o reconfortava, pelo menos aliviava, e estava certo de que as ações não nasciam de sua alma atormentada, mas das emboscadas que o segredo sabe preparar.

Um ás de paus, a próxima carta. A que lhe causava, agora, nova intriga: os três trevos — sorte, ventura, paz —, encimados pelo A maiúsculo, que não é senão outro triângulo, desta vez, porém, cortado ao centro. Analisando bem o esforço dos mágicos, aquilo levava-o a interpretar que o triângulo devia ser cortado no meio. E, agora sim, justificando inteiramente a traição. Os três trevos da sorte, a sua, a espada cortada, o A (triângulo) partido ao meio, o golpe. Sem contar que era letra feminina. Riu mesmo. Riu, baixo, bem baixo, os lábios repuxados. Rei e dama (ouros), valete e nove (espadas), ás (paus). As cartas sabiam ajudá-lo.

Embora o jogo estivesse um pouco desencontrado, não teria tanta dificuldades para arrumá-lo. Como arrumaria a própria vida — tinha certeza — depois que passasse a agitação, agitação que fustigava sua alma como as chamas do coração. Restavam-lhe seis cartas — novamente o três duplo — sobre a mesa sebenta e esfumaçada. Nem tinha tempo para acompanhar a arrumação dos outros, outros caminhos revelados, curvas e retas, estradas sinuosas. Desta vez, porém, decidiu trazer três cartas num único movimento. Suspira o amor ou o remorso ardente? Diante dos seus olhos apareceram uma dama de copas, um rei de copas e um valete de copas. O que estaria mesmo escondido, mergulhado, nos olhos doces, entristecidos e enigmáticos da dama do coração vermelho, tendo no peito uma espécie de palma de ouro — o poder e a glória —, com linhas que formavam um novo triângulo? Surgiam, ainda, ao lado direito: um coração rubro e, no esquerdo, uma rosa igualmente encarnada, que ela segurava, ar angélico, uma rosa de quatro pontas, tendo ao centro um círculo amarelo, o sol, a lua cheia, o amor. Por trás dessa rosa saíam, ainda, quatro pontas amarelas que, tendo a rosa como base, formavam quatro novos triângulos.

Não havia dúvida: a dama unida ao rei de copas que — de um rosto limpo, sem bigodes, olhos grandes e atentos — trazia, da mesma forma, o coração avermelhado no lado direito e na mão esquerda segurando uma espada que, passando por trás da cabeça, apontava para o símbolo do amor — o mesmo coração —, antecipava um novo tipo de Destino. O rei conduzia no peito três espécies de cartucheiras — uma, amarela e vermelha, cruzava o busto, e duas descendo dos ombros — branca e preta — até o estômago.

Se o jogo iniciava-se confuso para formar a canastra — a

própria palavra (canastra) lembrando-lhe antigos desejos, sentimentos de amor e fúria, escondidos no baú dos sonhos — agora apresentava-se menos difícil, embora os símbolos fossem inquietantes. De qualquer modo, poderia, pelo menos, iniciar os planos da partida — já transformada em partida de sua própria agonia. Talvez por isso tenha sido levado até ali, diante de parceiros silenciosos e compenetrados.

Que cilada estaria escondida nas outras três cartas — sempre o três — que viriam? Eram: um oito de paus — de que, particularmente, não gostava, pois formava uma espécie de oito deitado, levando-se em conta os símbolos do centro, e que significava o infinito, a sorte incompleta e sem pousada; embora com algum esforço pudesse vislumbrar três novos triângulos; um três de espadas, com o tríplice sinal no centro da carta; e , finalmente, um ás de copas. Com o rei, a dama e o valete juntos ao ás, daria início a um bom jogo. Mas, era preciso dizer: assustava-lhe o ás. Pois que não trazia, bem no meio, a solidão e o pranto, o ♥ coração com a ponta ameaçando a cabeça? Entristeceu-se. O coração solitário era o dele, não tinha dúvidas. Traindo Abel — o A maiúsculo da inicial do irmão, e repelindo Dina — a última letra —, a raptada e violada, restava-lhe a solidão desabitada e vazia dos campos.

— Três de ouros.

Olhou, entre a névoa de fumaça, os ensombreados rostos, e ouviu os pigarros, sentiu o cheiro de aguardente, a carta sobre a mesa. Não sendo sua vez de jogar, guardou expectativa, olhos de feiticeiro, olhos de quem procura decifrar os encantados. "Três de ouros" — repetiu para si mesmo, recordando que a Trindade exigia Fé, Esperança e Caridade, mas considerando, ao mesmo tempo, que era o número das pessoas envolvidas no drama de Jati. O número formava, ainda, os três mundos: Céu, Purgatório e Inferno.

Sem que ninguém alcançasse a carta, um homem à frente de Judas, com imensos bigodes que caíam pelos cantos dos lábios, e que bebia aguardente em goles lentos, fez outra escolha no monte de cartas depositado no meio da mesa.

— Nove de copas!

Tinha que ser. Justamente o nove de copas, o que representava os três corações, tríplice três, os corações do amor, da traição e do remorso, todos vermelhos, o sangue. Não podia pegar a carta, porque embora tivesse o valete, o rei, a dama e o ás, faltava-lhe o dez. Não lhe servindo, apesar de temer, foi ao monte do centro da mesa. Trouxe um sete de paus. Possibilitava-lhe, pelo menos, a união com o oito que, mais tarde, resultaria em jogo completo. Livrou-se, então, do três de espadas — a marca tríplice da luta.

Refletindo, mais adiante, verificou que o jogo de paus era também perigoso, pois somados os números — oito e sete — chegava a quinze. E, veja bem: um e cinco, que novamente somados, resultavam em seis, o três duplo, ou o nove — o três tríplice —, colocando o círculo para cima, tudo confluindo para o jogo ternário.

Foi que, completada a rodada, seu parceiro arriou jogo. E havia, de certa forma, coincidência. Estavam diante dos seus olhos: o valete, a dama, o rei e o ás de copas. E, de outro lado, um seis, um cinco e um quatro de paus. Daí que, em seguida, poderia livrar-se do sete e do oito de paus, de que não gostava. Mas chegando o seu momento de jogar, só para marcar o traçado do adversário, teve que descartar o rei de ouros, incompletando.

Enquanto continuava o carteado, onde mal podia distinguir os rostos dos homens, viu a canastra cruzando-se sobre a mesa, formando mistérios e enigmas, fazendo e refazendo, marcando e desmarcando, o coração em sobressalto. Era, novamente, o seu instante. Lembrou-se de arriar jogo. Junto ao quatro, cinco e seis de paus, colocados à mesa pelo companheiro, assentou o sete e o oito — o quinze somado. Livrava-se disso.

— Dez de copas!

Escutara antes de arriar. Por isso pegou a mesa, onde havia poucas cartas. Justamente: um dez de espadas e um valete de ouros. Confusão — perfeita confusão, embora o jogo arrumado. Confusão e tumulto no espírito. O parceiro já estava prestes a bater. Por isso uniu o dez de espadas ao nove e ao valete, fazendo um jogo e, assim, completando a canastra. Da mesma forma fez com o valete, a dama e o rei de ouros. Descartou, então, o ás de paus.

Haveria, pelo menos, ainda uma rodada.

Os nervos em rebuliço, pediram uma nova rodada de aguardente, menos para o homem de bigodes que ainda bebia em goles lentos, esvaziando o copo sem pressa.

Um a um — a partida lenta, compassada e dura. Novos jogos prontos, preparados. Como não houvesse outra alternativa, teve que descartar o valete e a dama de copas, só por marcação de jogo. No entanto, errara. Era quase impossível acreditar. Cegaria os olhos para não ver. Feitas todas as variações, apanhados os mortos, desenhadas as sortes, ouviu:

— Bati!

Batera o adversário, e ele, Judas, ficara com o ás de copas, a carta solitária, o coração invertido ao centro, o A imenso e vermelho, ódio e arrependimento — há quem julgue o vermelho como o amor, a caridade, mas para ele tinha outra significação. Encarou a carta, os parceiros silenciosos.

Levantou-se depois que Abel se retirou. Não imediatamente. Teria visto ternura nos olhos dele ou nos de Judas? Preferia não pensar muito nisso. Tinha uma certeza: não haveria mais ternura no seu corpo, nem no seu nem nos outros. Nem estava disposta a se lamentar, escondida pelos cantos dos quartos. Mulher mesmo não seria de Judas, jamais sentiria o prazer de Abel. Agora, se podia dizer *agora,* assumiria as rédeas da casa, os cuidados, a arrumação. Mas por que sentia aquele fiapo de agonia atravessando a alma? Quando ficou de pé, estava convicta: era outra Dina, muito diferente daquela que deixara a casa na garupa do cavalo de Judas. Muitíssimo. E não apenas porque fora coberta por um homem, sentindo o suor misturado ao seu, as lágrimas da traição. Os feitiços da noite traçaram a mudança.

Depois que desceu a escada, diante do altar, os morcegos estavam todos balançando no telhado, lembrou-se de Sara, a mãe. Lembrou-se não só da mulher, mas da voz: a voz muito distante que contava a história da fuga. Havia destino cruzado entre as duas? Assim é que é feita a trama do sangue? Talvez por isso não se surpreendeu de estar enredada.

Sara casou-se na capela de Malhadareia, no segundo dia

da fuga. Dissera: "Foi um casamento apressado, usei um vestido branco que Clotilde, prima de Adão, meu marido, arrumou. No caminho da capela fui apanhando flores do campo até completar um buquê. O padre já correra os proclamas, Adão preparara tudo, bem distante. Era um sábado de manhã."

Dina deixou a capela da fazenda. Pela primeira vez sentiu vergonha do próprio corpo, no momento em que foi descoberta pelo sol. Entrou na cozinha, fechou a porta de baixo. Precisava conhecer os mistérios da casa. Na sala de refeições viu os pratos do jantar ainda sobre a mesa. Teria que começar a luta, a sua luta, que era a luta mais cruel e mais inquietante.

Quando deixaram a capela, os irmãos de Sara já estavam na calçada. A mãe pôde ver: os dois mais velhos ainda sentados nos cavalos, e o mais moço, de pé, segurando as rédeas do animal. Adão, Adão parou. Por baixo do paletó segurou o cabo do revólver. Ela ainda quis dizer: não atire, mas compreendeu, imediatamente, que ele esperaria por ofensas.

Difícil foi o começo, muito difícil. Mesmo sabendo que os irmãos estavam na casa, recolheu os pratos, levou-os para a cozinha, tirou água no pote encostado na parede. Tudo num grande silêncio, que faria inveja a uma borboleta voando. Sobre o lavatório encontrou sabão e toalhas. A princípio, não precisou abrir as janelas. Mesmo porque o sol era incômodo.

Não disseram ofensas. O irmão mais velho, disse Sara, aproximou-se, não era impossível ver sono e raiva na face. "Estão casados, afirmou, estão casados mas agora vão acompanhar a gente. Sara precisa das bênçãos: de pai e de mãe. Depois você, Adão, decide o Destino." Adão ficou parado, indeciso. Foi ela quem aconselhou: "Vamos, não há risco."

Depois de lavar pratos e talheres, cuidou da arrumação da casa. Encontrou a vassoura atrás da porta, começou pela sala de refeições, expulsando a sujeira pelo corredor. Num dos quartos viu Abel sentado na cama, os olhos derrotados, esfregando o queixo. Gostaria muito de trocar uma palavra com ele. Preferiu, porém, desconhecê-lo. E enquanto varria, Abel não levantou a cabeça uma única vez. Percebeu que a partir daquele dia não seriam mais do que duas almas no deserto.

No caminho de volta, aí pelo meio-dia, pararam na pensão do povoado de Urimamãs. Os irmãos disseram: "Vamos almoçar." Encontraram o proprietário de pé, atrás do balcão. Ela, a mãe, não tivera tempo de devolver o vestido, por isso ainda estava toda de branco, o buquê murcho na mão. Não precisava dizer: os olhos do proprietário cresceram na face quando viram os noivos. Se um homem pudesse entrar numa garrafa, com certeza ele teria entrado.

Continuou varrendo, casa de muitos quartos, corredor e salas. Nem conseguia compreender como os irmãos, só eles dois, podiam viver sozinhos naquele mundo, tão vazio e tão quieto. Assim como era difícil entender a paciência de Abel: traído, ofendido, e calado. Teve uma pena imensa vendo-o ali sentado, casmurro, derrotado. Mais derrotado do que um molambo estendido no varal de roupas. Sem coragem para enfrentar o vento.

O que Sara viu e ouviu nunca mais pôde esquecer. Os irmãos arrastaram o proprietário detrás do balcão, levando-o para a calçada. Ele, o dono, ainda disse para Adão: "Você não afirmou que ela era sua irmã? Por que fez isso? Agora eles vão me castigar." Adão quis interceder, não teve tempo. Antes de sua palavra, o que se ouviu foi o tiro. Breve e seco. Rápido. Bem no meio da testa. O homem arriou com os olhos esbugalhados.

Parou, Dina parou, a vassoura suspensa. Judas estava sentado no alpendre, o chapéu arriado na testa, o cigarro descansando no canto dos lábios. Mas foi ele quem não suportou a presença. Daí levantou-se e saiu na direção dos matos. O cheiro, era o cheiro de Dina que o expulsava.

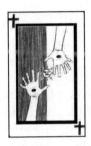

Montou no cavalo como um rei de copas em cuja mão direita esgrimisse a espada no prumo do coração, vestido numa armadura cruzada de cartucheiras. E montado, parecia também, um ás de copas, solitário e infeliz. A noite, quase madrugada, estava completa, as estrelas rutilantes e o vento ralo nos matos.

Trote a trote, outra vez comandante de movimentos lerdos e monótonos, embora densos, compreendeu que ali encontrara o labirinto do seu Destino definitivo que demorou a aceitar. Bruxo, que bruxo era, ainda tentou esquecer. Não havia como. Todos os jogos nos seus olhos, e mais do que nos olhos, nas entranhas.

Perto da cerca que divisava o povoado da fazenda percebeu um risco na noite, que logo se transformou em vulto — e vulto: mais do que desconfiança é ameaça. Para surpreendê-lo, poderia esconder-se de si próprio, se fosse possível. Continuou, passo de cachorro em rastro de fera, acendendo o faro, olhos multiplicados, leveza de quem conhece a necessidade de marcha lenta. Manso, lerdo, era assim, continuava, reforçava a astúcia.

Depois que atravessou a porteira — a madrugada escondia ventos, o frio parecia aflorar da própria pele, viu o vulto deslocar-se para uma árvore. Agora estava certo: as pernas longas e o corpo ereto: era Abel. Não estava a cavalo, temia fazer ruídos, passava de um lado para o outro, às vezes acocorado, às vezes quase rastejando, correndo de espinha dobrada.

Vez a vez era possível vê-lo melhor, quando a nuvem desaprisionava a lua.

Mas o sorriso ao inverso é raiva — isso ele sabe, ele sabia, lembra. Tomou a vereda, escolheu o caminho das touceiras, proteção de vítima na mira. Não escutava passos. Suspeitoso e advertido. Se desse volta no cavalo para surpreendê-lo na espreita, só por prazer? Era emboscada: mas só emboscada de desconfiança. Decidido, Judas deixou também de ser vulto no seu escuro, mostrou-se. Viu, o outro viu-o e abaixouse. Escolheu uma coroa de matos.

Parecia uma brincadeira de sangue. Judas se lembrou da infância. Esconde-se aqui, ali, acolá. Os cavalos de pau fazendo rastro na areia. Tomou uma estrada com mais árvores. Os lábios desenhavam sorrisos. O sorriso duplo: da apreensão e do prazer. Era melhor escapulir do que ser vítima.

Já em casa, entrou e deixou a porta aberta. No quarto, uma mulher resignada não cria brilhos nos olhos, Dina estava na cama. Judas, de propósito, deixou a porta do quarto entreaberta. E quando Abel passou, olhando pela fresta, encontrouo deitado, de calças, sem camisa e botas, o punhal sem bainha, cobra de metal para o bote, em cima da mesa. Manso, também entrou no quarto. Nem queria olhar para Dina. Olhou a arma, segurou-a, sorriu. Sorriso de menino.

Ao acordar cedo, Judas viu a arma, a arma que não estava ensangüentada, e surpreendeu-se: surpreendeu-se de ainda estar vivo. Foi para a sala. Dina já devia ter preparado a refeição. Observou que Abel o olhava com ironia. Não pode ser — as palavras, no interior, claras, alívio. Não que desejasse estar morto, mas esperava que o irmão o enfrentasse.

Sentaram-se à mesa quase ao mesmo tempo, rezando, ambos, em silêncio. Na casa havia mais silêncio do que vida. Dina não saiu de perto do fogão — uma mulher entregue aos seus sofrimentos. E quando o irmão voltou ao quarto, durante todo o dia não saía, um morto irônico, Judas bateu forte com o punho fechado na mesa. Isso não pode estar acontecendo — disse.

Não podia conformar-se com a ira mansa de Abel — que ele tinha ira, a face revelava. Mas uma ira que comporta sofrimento, que evolui mais para a piedade do que para o ódio. Percebera na perseguição da noite e, por isso, deixara o punhal tão claro. Para que ele pudesse usá-lo.

No alpendre, sentou-se na cadeira de palhinha, jurando que não ofenderia mais Abel. Não seria capaz de alimentar ódios, ressentimentos, ainda que o irmão o tratasse daquela forma: indiferente. Logo ele que sempre fora assim: atencioso, delicado, gentil. E agora, por cima, traído.

Talvez Abel julgasse que ele, Judas, era estranho. Por causa do seu silêncio. Taciturno, casmurro. Não era culpa dele. Herdara do pai tudo aquilo, além dos olhos que reverberavam como o sol do meio-dia. O pai é que fora assim. Sem, no entanto, ofender ou magoar. Tratando desconhecidos e conhecidos com fidalguia, a gentileza no manejo dos gestos.

Não desejava ser o contrário — mesmo com a solidão das cartas, o coração vermelho, o A partido ao meio. Seria capaz de procurar Abel para pedir desculpas. Desculpas, não. Sugeriria, apenas, que a mulher voltasse para ele.

Desabituado a palavras — não só a palavras, mas também a gestos, mesmo a gestos leves, ou a olhares, que com os animais não aprendera a sutileza dos olhares — permaneceu parede de pedra e cal. E o que era capaz de entender: união é segredo; família é ternura. Que fazer de Abel ali trancado no quarto? Os Florêncio acreditando na sua morte, por certo já a tendo revelado?

O escuro da alma não como o da noite ou da madrugada — é muito mais impenetrável e afoito. "É ódio?" Quis saber antes de se levantar. "É ódio ou a necessidade de prestar contas?" De pé, ainda ficou parado, uma fera que espia a presa. Andar foi decisão ou impulso? Só impulso da alma desgovernada? O que tinha de ser feito — agora justificava — fora determinado pelas cartas. O Destino que se lê não pode ser ultrajado.

Só por um instante teve que se acostumar à escuridão da sala. Tinha todas as direções adivinhadas: não precisava de buscas. Foi no baú, no velho baú enfeitado com tarraxas prateadas — a canastra — que encontrou o punhal — o punhal que já guardara, o medo de usá-lo. O rei de copas não apontava o punhal para o coração do valete?

Caminhou, a decisão dos escurecidos, em direção ao quarto. "É isto que acontece comigo e não podia acontecer. Manso, apenas mansidão de gestos e atitudes, empurrou a porta — fazia tempos naquela casa não se usavam segredos de ferrolhos. Os olhos precisavam aquietar-se: Abel estava deitado, o rosto voltado para o teto, os olhos fechados, a agonia dos que não sabem desfazer as tramas. Talvez dormisse. Morto que era, precisava dormir. Judas, de repente, sentiu frio, de forma que foi obrigado a atacar o capote e levantar a gola. Baixou, ainda mais, a aba do chapéu.

Brilhou, brilhou e rebrilhou em sua mão o punhal de lâmina alva. Há o instante em que não se admite vacilação.

A lâmina fosse o sol não teria tanto brilho no gesto rápido. O golpe, mais do que o golpe, a própria morte, atingiu o peito de Abel, fazendo escoar, represa de águas incontidas, o sangue escuro, num espirro que sujou o capote de Judas. Não esperou mais, não esperou, não tinha por que esperar: o segundo golpe, já sem brilho de lâmina manchada de sangue, abriu o peito do irmão.

— Foi o senhor quem fez isso?

Mais olhos do que corpo e rosto, Dina fez a pergunta ao entrar no quarto. E se ainda não chorava era porque o espanto viera antes. Não quis, é a verdade, não quis aguardar a segunda pergunta ou a repetição, talvez: Judas retirou-se.

No alpendre, olhos de fera insone e desesperada, parou.

Da casa, do mais interior da casa, filtrado pelas paredes, portas, janelas e telhados, escutou o choro. Um choro que não tinha nada de escandaloso, de estúpido, de vulgar. Era um choro manso e resignado — como só as mulheres resignadas sabem chorar. Como um veio d'água brotando da terra.

Retomando, Judas guardou o punhal ensangüentado no baú. Na capela, recolheu o caixão — que ali fora guardado, devia ser destruído — onde Abel fingiu a morte. "Se o matei, é justo que o enterre também" afirmou, desfazendo-se do capote, arregaçando as mangas e esquecendo, feito o esquecimento de quem nunca existiu, a existência de Dina. Mais, muito mais do que a existência: a lamentação.

Repetiu todos os gestos que, antes acreditara, fossem apenas simulados. Trouxe o caixão para a sala, negro o caixão. Depois ajeitou as cadeiras, as quatro cadeiras, acendeu os candeeiros, numa pequena lata queimou o mato que incensa os defuntos. Fazia tudo sem tirar chapéu, o cigarro aceso nos lábios, os movimentos compassados.

Dina ocupou-se do morto. E ocupou-se — coisa estranha! — com a mesma mansidão de Judas. Rasgou-lhe a camisa, para cobrir os ferimentos com uma toalha. Vestiu-lhe o terno. Não precisava perguntar como teve coragem e força.

"Foi ódio?" Precisava encontrar a raiz do filete de sangue sujo que escorria entre as veias. Se nada mais lhe restava que, pelo menos, a trajetória do sentimento fosse seguida. "Quando começou?" Refez os caminhos. Linha por linha, ponto por ponto — os dedos que tecem a morte cosem a mortalha. Não. Não estava em condições. Agora não estava em condições — os pensamentos entrançados em espinhos. E Judas confirmou que não lhe restavam condições quando sentiu que não era suor aquilo que escorria pela face. Eram lágrimas.

Dina rezando. Esperou. E esperar não foi pouco. Esperou a tarde inteira, a ponto de imaginar que ela tivesse enlouquecido. Repetia sempre, sempre as mesmas rezas. De pé, junto ao caixão. Um vestido de cores várias, o vestido da fuga, a pele alva, alvíssima. O terço escorrendo entre os dedos. Nada a tiraria dali enquanto não beijasse a cruz. Uma face transfigurada. "Foi o senhor quem fez isso?"

Finalmente, silenciou. Ou antes: parou de movimentar os lábios, cujo sibilar era escutado apenas pelos ouvidos da agonia.

A casa toda imersa em dor. Não apareceu um único morador para espiar. Sequer para oferecer ajuda. Também moravam longe, todos. E tinham ocupações: o campo banhado de sol exigindo suor e sacrifício.

Chegou o momento da despedida de Judas. Os braços cruzados, o homem alto, carrancudo e grave, todo vestido de negro, sem chapéu e sem cigarro, ajoelhou-se. Dina, ainda ereta e imóvel, viu quando ele baixou a cabeça — e compreendeu: rezava. Penitenciava-se diante da vítima, num gesto de reverente humildade — a humildade que não suportaria o fardo de músculos ousados.

Permaneceram assim durante, ainda, um longo tempo. O tempo das orações. Não tardou para que as matas se agitassem. O entardecer chegava com ventos e cheiros de frutos.

Em seguida, nem precisavam trocar palavras — que as palavras, definitivamente, haviam apodrecido naquela casa — Judas levantou-se. Levantou-se e olhou Dina. A dama de copas dos olhos entristecidos?

Ele próprio apanhou as cordas que amarravam redes nos caibros, envolveu-as no caixão e, reivindicando todas as forças e coragens, colocou-o nas costas. Ela se preparou, certa de que dali em diante iniciariam a caminhada. Longa e triste caminhada para o cemitério.

Na frente, o caixão sobre as costas, enlutado em seu terno negro, Judas começou a andar, seguido da mulher, que mantinha a manta sobre a cabeça, as sandálias arrastando a poeira da estrada. Iam, eles iam feito um cortejo, vencendo os primeiros momentos do anoitecer, embora na linha das serras ainda fosse possível observar a claridade do sol em seus estertores. Os frutos da terra cheiravam. Os doces e os apodrecidos. Dina, o terço na mão, tanto não tinha pressa quanto Judas. Atingiriam o povoado quando a noite esquecesse o sol.

Das casas mais longínquas, as mais distantes, as que começavam a acender os candeeiros, muitos olhos viram o cortejo a dois. Eram vistos de longe, duas sombras, duas sombras que se intensificaram quando a lua surgiu, uma lua que muito se parecia com um sol de sangue observando-os.

Avançavam, avançavam continuamente, avançavam sem pressa, acompanhados pelo coro de cigarras e grilos, dos pássaros que se recolhiam, dos mugidos melancólicos e dos cães que, sem latir, uivavam. E havia as passadas — as passadas desencontradas. Teriam ainda algum tempo de caminhada mas Judas, de forma alguma, parecia cansado. Nem grilos nem galos seriam capazes de ensinar-lhe mais a assobiar.

O povoado viu-os. É possível que tenha escutado — a solidão da noite explicaria — o sibilar renitente dos lábios de Dina. E mais do que isso: admirou-se que Judas carregasse, sozinho, o caixão sobre os ombros.

— É Judas —, disse Inácio Florêncio.

— Somente agora sepultam Abel —, acrescentou Jordão Florêncio.

Estavam sentados em cadeiras na calçada da casa. Com uma pequena faca, Jordão cortava o fumo para preparar o cigarro.

— Entrem e fechem as portas. — A ordem veio de dentro.

— Tanto tempo assim é injustificável —, revelou Jordão.

Entraram, arrastando as cadeiras. A mãe de Dina, no entanto, desobedecendo à ordem, abriu uma fresta na janela para espiar. Outras mulheres, curiosidade de espanto, colocaram a cabeça nas portas. Lua alta e alva.

Diante da igreja — que tinha mais de capela, pelo tamanho e pela humildade — os dois pararam. Esforçando-se, não podia negar que os ombros doíam e os músculos cansavam, Judas colocou o caixão na calçada. Fechado o templo, não

61

entraram. Dina acendeu a vela que trouxera numa das mãos, disputando espaço com terço.

Ficaram de pé — lado a lado. E embora estivessem lado a lado, era como se um não compreendesse a existência do outro. Oraram, outra vez, em silêncio. Em tão grande e profundo silêncio que os cães não ladraram. Noite de espanto e surpresa.

Terminada a breve cerimônia, Judas tornou a jogar o caixão sobre os ombros, mas Dina não apagou a vela. Teria luz para iluminar os passos, tão poucos faltavam. Mas o que iluminava mesmo era a face, a sua face: sofrida, angustiada, as lágrimas. E bela.

Cruzado o povoado, nem a poeira das sandálias se avistava mais, evitaram o arruado de mulheres, seguindo pelo atalho, para o cemitério.

Judas, sem tirar o paletó, colocou o caixão sobre montes de areia, nem sequer esperou pelo coveiro. Cavou o chão, usando pedras e paus, num trabalho duro, demorado, quase interminável. Não fez uma cova. Apenas um buraco irregular e pouco fundo. Quando ele se retirou, Dina continuou rezando, feito houvesse um monte de orações em sua alma, o terço rolando entre os dedos, rezando.

Depois colocou a vela sobre a cova. Nem mesmo uma cruz fora construída.

Q<small>UEM</small> desce num poço de pedras, sem cordas ou escadas, sabe que o retorno é difícil. Foi o que Judas sentiu quando voltou para casa — a casa abandonada onde o morto parecia resistir, sem candeeiros acesos, portas e janelas abertas. Dina entrou no quarto. Ele escutou o trinco fechar por dentro. Duplo alívio: repelia-a e não suportava o rosto angustiado.

Depois trocou de roupa, colocou o chapéu e acendeu o cigarro. O fósforo parecia incendiar a inquietação. Agora, mais do que nunca, queria saber como tudo começou. Sentou-se na cama, o cotovelo encostado na coxa, a mão apoiada no queixo. Que animal obscuro e terrível o impulsionara para o lodo do ódio? Pois que primeiro precisava compreender o ódio — ódio ou inveja — para depois justificar o arrependimento. Os olhos quietos, parados, a barba crescida. Não fora só por causa de Dina. Não fora. Ela, no entanto, colocou-os nos descampados da luta. Não, em luta não. Que luta não houve. Essa luta exterior e danada, onde dois corpos se defrontam, animais espreitando a ferocidade. Repetia. E repetia com a força dos ecos atormentando as serras: não houve luta.

A reflexão não permitia que ficasse parado. Levantou-se. Fechou as janelas e encostou a porta. Saiu. Ventava e ele podia ver, pelo encanto da lua, o círculo luminoso, os campos, as árvores ásperas e ensombrecidas, galhos quase ameaçadores, sentiu o cheiro dos matos. Onde estaria o começo?

Caminhou para os lados do curral, bem longe da casa, afastado da capela. Algumas vacas dormiam, mas era possível escutar o chocalhar de reses. Recordou-se de que havia uma vaca prenhe, talvez fosse ela que estava inquieta. Mãos nos bolsos, a cabeça baixa, o eterno cigarro dependurado nos lábios, os ombros arriados. Era um criminoso e um violador.

O que o colocara em movimento foi a inveja. Começou a dizer ao abandonar o curral, incomodado pelo cheiro dos estercos. Não o ódio — não somente o ódio, pois que a inveja o antecede. Estava destinado a ler a Sorte, mas não podia conhecer o seu próprio caminho. Como se Deus tivesse colocado uma venda sobre seus olhos. E nem podia comparar seu sofrimento com o de Abel — que tudo suportara, a violação e o crime, os lábios cerrados para o grito. Estava convencido de que se tratava de algo muito secreto. Um segredo que viera dos antepassados. E, no entanto, tinha obrigação de desvendálo. Se tinha missão de desvendar mistérios, que o conhecimento daquele — tão trágico e aniquilante — não lhe fosse negado.

Ele era o mais moço. Abel, porém, recebia sempre os melhores cuidados.

"O homem conhece Deus, e embora O conheça e O venere, não consegue escapar do visgo atraente do inferno. E quando Deus o abandona, às vezes por um instante, às vezes por descuido, ou cansado pela renitência do Pecado, não pode escapar ao castigo." Seria castigo, castigo mesmo? Merecia? Deus o esquecera por um instante, quem sabe cuidando de Abel, e agora impunha o sofrimento. Não merecia. Era o que não merecia, porque não tinha culpa dos descuidos do Senhor.

As imagens vinham, tão claras quanto é o coração iluminado — não o seu, mas o coração de Abel que o invadia.

Foi uma vez, uma única vez, e mesmo tendo sido uma

única vez não podia esquecer. Não podia esquecer porque descobriu que, a partir daquele momento, começava a desvendar mistérios. Que desvendar os mistérios já era o início do castigo. "Há pessoas que nascem para ser castigadas" — dizia. Os olhos murcham flores e as mãos desgalham árvores, mesmo sem tocá-las. Ele devia ser uma dessas pessoas. Judas, o castigado.

Abel, a lembrança clareava a memória, Abel havia desaparecido naquela noite — o passado retornando é presente: a esfera não tem princípios nem lados, infinita no seu começo e no seu fim —, ainda uma criança, dez anos de idade, o menino não estava no campo nem em casa. O pai, sem que pedisse ajuda, saiu para procurá-lo. Saiu e quando saiu já estava certo: não devia censurá-lo nem castigá-lo. Judas, ainda menino mais moço, acompanhou a busca do alpendre. Pouco mais jovem, não devia penetrar na escuridão.

Onde está Abel?

O pai, lanterna na mão, encontrou-o em cima de uma árvore, quase deitado num galho. Iluminou-o. E dali, dali do seu posto no alpendre, Judas pôde vê-lo.

— Desça, meu filho.

Nem perguntou o que fora buscar em tão alto esconderijo. Riu — o riso dos que acolhem brincadeiras. Devia ser apenas traquinagem. A traquinagem pura do jovem Abel. Deitar-se numa árvore, a uma hora daquela, para comer frutos?

No retorno para casa, o pai lançava luzes sobre o menino Abel, ao invés de iluminar a estrada. O pai, tão casmurro, brincava com o filho, o que não reservava para Judas. Na verdade, porém, Judas deslumbrava-se: um facho de encanto na fazenda de Jati. Belo, Abel menino era belo, cabelos espalhados na cabeça, assanhados, e os olhos intensamente negros. As vestes de algodãozinho, a camisa aberta ao peito. Parecia um ser desenhado.

Veio, o irmão, e sentou-se bem ao seu lado, no alpendre. Descobriu? Teria mesmo descoberto? Foi ali no alpendre de Jati, os pais já dentro de casa, ouvindo os risos, que viu os olhos verdadeiros de Abel. Tão negros os olhos e de um encanto buliçoso. Coisa terrível é descobrir olhar. Feito quem mergulha, afundando-se e afundando-se, desnudando-se no espírito das águas. Porque quem olha é mais visto do que vê. Abismo para dentro.

Abel sorriu — sorriu só por timidez. Quem é que não se acanha vendo o fundo dos olhos escavacados? No entanto, naquele instante, naquele exato instante em que os olhos escavacaram os olhos, o que sentiu não foi inveja, que se bordaria, mais tarde, com as linhas e as agulhas do tempo. Foi amor. Pois só agora, passados tantos anos, podia compreender: o amor é a inveja do outro: ama-se para roubar do outro a parte que lhe falta.

A beleza de Abel impulsionara-o para os escuros da alma. E não podendo completar a parte que faltava em seu corpo — era homem e irmão — o outro lado enlodara-se. Apodrecera. Teria sido ali o descuido de Deus? Tão cuidadoso mostravase com Abel.

Continuou andando — como se nunca mais pudesse parar. Estava de chinelos. Sentia os pés molhados. A plumagem do capim trazia-lhe alguma coisa de que não gostaria de recordar. Podia escolher uma vereda aberta, vereda que alumiada pela luz era como uma serpente abrindo atalhos, estendendo o corpo.

Devia ter sepultado o irmão na capela — ao lado do pai e da mãe. Reconheceu, porém, que tinha consciência demais, a consciência que parecia ter vindo dos tempos: tramara o assassinato no triplo instante: quando viu Abel, só luz, a lanterna do pai sobre a cabeça; quando se afundou nos seus olhos, o abismo do nadador perdendo o fôlego; e quando descobriu — agora sabia que descobrira mesmo — que o amava, o amor que faltava na parte incompleta do seu corpo.

Tramara como só os abismos do espírito atormentado sabem tramar: no silêncio da serpente que se aproxima da vítima. Reconhecia que se tivesse sepultado Abel na capela, mais cedo ou mais tarde o povoado e os moradores dariam pela sua ausência. Por certo, os Florêncio indagariam pelo enterro. Sepultando-o, porém, no cemitério, e diante de tantos olhares perscrutadores vendo o caixão passar sobre os seus ombros, acompanhado por Dina, justificaria depois que fora doença ou queda.

Mas a serpente, apesar da astúcia, tem ruídos no silêncio. Dina não fora testemunhar? Não vira quando o punhal, só lâmina e afoiteza, saltava do peito do irmão? "Foi o senhor quem fez isso?" Por que não o denunciava aos irmãos ou procurava os policiais do destacamento?

Estacou. Estacou, de repente. Um retalho vivo de lembrança — que lembrança assim é mais do que lembrança: é imagem. Tão viva quanto o tempo retomado.

Foi o sorriso de Abel — tinha ou não tinha dúvida? O começo, o começo do ódio, a inveja quando não ocupa a parte que falta no amor se transforma em ódio, nasceu naquela tarde? Via a tarde, via a lembrança, via a imagem. Naquela tarde em que os dois, depois de brincarem com os cavalos de pau, decidiram tomar banho no rio. Os dois — somente os dois — um diante da nudez do outro. Ainda podia ouvir a algazarra, a festa de risos, Abel correndo pela margem do rio, subindo numa árvore, preparando-se para o pulo. Equilibrava-se, ele, Abel, equilibrava-se. Pulava. A elegância, a curva perfeita do corpo, braços e pernas — uma ave invejaria a leveza, a simetria. Era um relâmpago — tão pequeno e já um relâmpago, estrela que corta a inquietação da noite. O mergulho, o mergulho fundo, desaparecendo nas águas onde ficavam apenas os círculos desfazendo-se. Judas esperava-o, tanto tempo esperando-o. Demorava, ele demorava. Demorava-se pelo gosto de preocupá-lo. Até que daí a pouco, um peixe cujas escamas tremeluziam ao sol, os cabelos tomando cores alouradas, os olhos avermelhados, surgia. E surgindo era que espraiava o sorriso, um sorriso que nem o cansaço e a respiração tensa empobreciam.

Ele, Judas, também mergulhava. Só para mostrar força e poder, superioridade que o corpo mais taludo possuía. Escolhia a árvore mais alta, o galho mais perigoso, desses que se balançando ameaçam se quebrar, e saltava — um baque forte nas águas, gosto de sangue na boca. Mergulhava fundo, ele mergulhava, abandonado e enriquecido, buscando areia, procurando pedras, os pulmões arrebentando-se e, enquanto afundava, enquanto afundava — água e água e água —, tão sozinho como sozinho pode estar o nadador, o nadador no exercício de provocar perigos, sentia uma sufocação medonha tomando conta das entranhas. E quando subia, quando estava outra vez com o rosto fora d'água, meu Deus!, não era o sorriso de Abel que teria de enfrentar. Não, não era. Mas a ironia, a ironia de quem conhece o esforço inútil, o esforço ingênuo.

Era mesmo ironia ou ternura?

Daí que lhe vinha a dúvida agora: o sorriso ou o olhar? A gente ama os dois, um de cada vez? Ou os dois juntos? Então, como teria sido o começo, o início, o amor expulso do seu próprio corpo? Ou mais: é com os olhos que a gente ri ou com os lábios? De onde vem a ternura e a raiva pela ternura?

Continuou o passeio. Besteira! Um menino, no ousado de sua inocência, não odeia nem sorriso nem olhar. Mas pode ter sido o princípio — o mundo arrebentara as portas para o homem com o Pecado. Sentia a noite, ouvia as cigarras, as touceiras sacudiam-se feito os sentimentos emboscados. O princípio — tinha que encontrar o princípio. A serpente que picara seu calcanhar.

Pois que devia ter sido assim: a serpente enrodilhada no coração, esperando a hora maldita do bote. Precisava só de paciência, de lerdeza, escondido por dentro. Bastou que Dina interrompesse a intimidade da casa.

Agora estava só, os parentes morando distante, no mais longe dos sertões, muitos nem querendo conhecê-lo. Sabia que tinha tias e tios, em diversos lugares, primos com os quais era capaz de brigar em luta de punhais e não os reconheceria. Também não gostava de acompanhantes: preferia apenas a alma, sua alma, a companhia de si mesmo. Uma coisa que nunca compreendeu mas que sempre foi assim. Mesmo quando os pais eram vivos. Desgostava das conversas dos moradores — por isso eles nunca iam visitá-los, nem quando Abel morreu —, das parolagens, dos orgulhos, dos possuídos. Fazendo-se sombra do próprio corpo.

Só — pronto, como sempre desejara, estava só. A solidão habitando a casa, o telhado, os quartos, a cama, a coberta. Idiotice ter matado Abel. Mesmo os dois unidos estaria só. Como sempre esteve, aliás. Só? Esquecia que Dina estava lá na casa, trancada no quarto. Talvez nem dormisse ouvindo as passadas de sua agonia. E se quisera estar só, agora era pior: tinha por companhia uma mulher repelente, cujo corpo desprezava, não gostaria de roçá-la nem mesmo para atravessar o corredor.

Escutou mugidos — estranho é o mugido de uma rês durante a noite oca e vazia. Ou o relinchar de um cavalo transformado em fantasma. Os animais, como ele, tinham insônia e sofriam? A fera guarda remorsos? As carnes da vítima estraçalhadas nos dentes?

Aproximou-se da margem do rio. Se antes eram lerdos os seus passos, agora tornavam-se pesados, os músculos presos. Sentou-se no capim. A noite quente, fogo no sangue, suor no peito, a testa porejada. A água rebrilhava, espelho que escondia os mistérios da noite, apesar da lua. Retirou a camisa. Acendeu um cigarro. Deitou-se.

Era de dentro das águas que retornavam os dias antigos?

O compadre Teodoro trouxe o carneiro — branco, alvura de maciez e lã. Estava de passagem — foi o que disse quando subiu o batente do alpendre, alforjes, rifle, espingarda, uma faca na cintura, chapéu e roupa leve, não sentiria frio na alma — ia para a caçada. Anoitecia em Jati. Teodoro tinha um riso — um riso que os pais tanto elogiavam — e ele desgostava. Um riso de quem tinha compromisso de paz com o mundo. Falava e falava, nunca tinha assuntos esquecidos, e falava sem deixar o riso escapulir. Ouvira a mãe dizer, um dia: "É riso de simpatia. De gente que só guarda bondade." Mesmo na mesa, comendo, falava. E assim como não deixava escapulir o riso, também a comida permanecia na boca. Abel olhando-o. Judas garantia: tivesse poder e borracha apagaria o riso.

No alpendre, o candeeiro aceso sobre uma mesa — era uma mania que tinha o pai — Teodoro foi anunciando: trouxe um carneiro de presente para Abel, o afilhado. Era assim que sabia agradar, sempre trazia alguma coisa, caça ou animal vivo, achava que o riso era pouco.

Um rosto diante do espelho não traria a imagem com tanta nitidez.

Sentou-se. Judas sentou-se. Não havia aragem no rio. Deu um trago no cigarro. Podia andar ainda mais um pouco.

— O compadre vai presenteá-lo?

Ali estava a voz da mãe, sentada na espreguiçadeira, acrescentando:

— Não precisava. É muito trabalho. O menino tem muito com que se divertir. Vai ficar enfeitiçado.

Teodoro era um homem forte, o riso cresceu, os cabelos enegrecidos de caboclo. Ele é que estava enfeitiçado.

— Não é incômodo nenhum — respondeu. — Padrinho que não presenteia corre o risco de ser esquecido.

Na verdade, para ser sincero, às vezes admirava Teodoro. O porte de beleza. Não lembra que sozinho, imitando o riso, dizia: padrinho Teodoro?

Os dois — Judas e Abel — sentados, juntos, no banco de madeira, quietos. Mas pôde observar — nem tanto com os olhos: com a adivinhação: que o irmão escondia felicidade. Ainda ali era belo: mais ensombreado do que iluminado pela luz do candeeiro.

Teodoro falava:

— O carneiro é dele, está lá fora, é só tomar conta.

A mãe disse:

— Vai ser Jasmim. O nome dele vai ser Jasmim. Mãe tem dessas ingenuidades. — O compadre é que está me causando inveja. E grande. Desde menina quis ter um carneiro. Meu padrinho era tão pobre que não tinha nem perua.

70

Risos.

— Está bem, meu filho?

Abel abaixou a cabeça, o fiapo de resposta.

— Está bem.

Enquanto caminhavam para a cama — "está na hora de dormir, meninos que dormem tarde mijam na rede" — não encarou Abel. Não queria. Foi ali que começou?

Deitados na rede, tão logo a mãe retirou-se, tão leve quanto é leve a presença da mãe à noite, ouviu o irmão chamando-o. Não sabia que desgostava conversar? Repetiu o chamado, mais uma vez, um cicio, Abel chamando-o, até indagou:

— Você já dormiu? Tem medo de mijar na rede?

Permaneceu calado. Inveja ou ódio — naquele instante alguma coisa começara.

— Judas?!

Abel não estava alegre, uma alegria que se contém não arrebenta o peito. Talvez fingisse. Que fingimento é coisa que a beleza guarda.

Não obtendo resposta, não a obteria, Teodoro já falara demais, continuava falando, ouvia-o, ele gastava palavras.

— O carneiro é seu.

Abel afirmou.

Ao invés de prazer, o que sentiu foi raiva. Uma raiva de escuridão. Da noite e da alma. Abel falava para agradá-lo, só para agradá-lo, mentindo.

Ele não respondeu. Não queria responder. As frases não se formavam.

— O carneiro é seu — o menino insistiu. — Pode ficar com ele. Você tanto desejou um!

Ainda continuou assim, continuou falando, hereditariedade do padrinho Teodoro, repetindo as mesmas sentenças, fingidor e mentiroso, até que dormiram. Sonhos, se os teve, não lembra.

No outro dia cedo, tão cedo que as névoas cobriam as serras e os matos molhavam os pés, caminhou para o curral, o ritual de todas as manhãs, madrugadas. E enquanto ele, caneca na mão, caminhava para o curral, o pai já conversava com o vaqueiro, viu quando Abel correu mesmo foi para junto do carneiro que pastava, amarrado por uma corda muito fina num galho perto da cerca.

"Não disse que é meu? O que é que vai fazer ali?" E continuou andando, esforçando-se para não demonstrar que vira a alegria do irmão. Talvez fosse melhor devolver o animal.

Sentados na porteira do curral, o pai acompanhava o vaqueiro que, amparado num banco, espremia os peitos da vaca, derramando o leite numa vasilha, escutou Abel, também de copo na mão, a voz de fingimento, os olhos dissimulados.

— O carneiro é seu, no faz-de-conta. É meu. O padrinho vai ficar magoado. Não precisa dizer a ninguém. — Batia levemente com o copo na porteira, o alvoroço da alegria. — Você concorda que o nome seja Jasmim? A mãe disse que era bonito. Concorda?

Saltou da porteira, trancado no silêncio. Bebeu o resto do leite quente, escumante. Foi sentar-se no bebedouro.

Perseguia-o, Abel perseguia-o. Veio, novamente, para junto dele. Depois que bebeu o leite, molhando o lábio superior, bigode branco, Judas, rude e rápido, deu a resposta.

— Jasmim é meu. Quem dá e toma fica de costas pro mar.

Viu, ele pôde ver, os olhos de Abel estavam mansos. A mansidão dos que têm a alegria magoada.

— Sim, Jasmim é seu.

Não suportava mais ficar ali deitado, fustigado pelo calor, pela madrugada, as lembranças voltando, que preferia que todas as recordações fossem apenas sonhos.

Levantou-se.

A dor de levantar-se era a mesma de manter os pensamentos. Fosse possível, retalhava-os a punhal. Afastou-se do rio. Primeiro passou junto ao curral, evitava a capela, cuja janela, ao alto, permanecia aberta. A vaca ainda mugia, atormentando. Estaria compreendendo sua inquietação? Foi breve o tempo em que permaneceu parado, depois que atravessou o curral, os lábios contraídos, o cigarro entre os dedos. Podia ter evitado a desgraça — o sangue derramado do irmão que, no antigamente, foi o sangue do carneiro. Bastava ter ido embora — as asas leves que carregam as aves para longe. Sem ter dito nada, o que não seria de estranhar. Alforjes e capachos preparados no silêncio, que a casa era apenas de Abel e Dina — os dois nomes tinham quatro letras, cada, o A imenso começando e terminando, as cartas não enganam.

Voltou para casa.

EMPURROU a porta. Tão grande o silêncio: parecia que Dina não a habitava. Mas ela não sairia nunca mais dali. Não retornaria para casa. Os Florêncio não a queriam. A mulher sangrada pelo punhal do corpo.

Tudo escuro. Caminhou tateando, como alguém que caminha para dentro de si mesmo, procurando a luz escondida no coração. Acendeu o fósforo e transformou a mão em concha para proteger a chama. Fechou a porta, desejando que fosse possível fechar a própria agonia. Agora estava ele, apenas ele, e o candeeiro. Preferia ter sono — mas dormir era o pesadelo. Se Abel estivesse na sala, poderia ficar para acompanhá-lo. Não conversariam. Judas acendendo um cigarro atrás do outro, o rosto coberto pela aba do chapéu. Abel, o irmão.

Evitar as lembranças — vindo e vindo, refazendo-se, dentro dele um sol girando — era o que não podia evitar. Foi que um dia — alvoroço e satisfação — desejou matar o carneiro. "Vou matar Jasmim." Nem sabe agora por que decidira tomar aquela decisão. À tarde, o dia inteiro para armar astúcias, tomou o carneiro, alvíssimo e bem tratado, e o levou para bem distante. Quando perguntassem por ele, diria, apenas: "Desapareceu."

Terno, acostumado aos carinhos dos meninos, conduziu-o

pela corda amarrada ao pescoço, tomou veredas, evitando testemunhas — mesmo assim no mundaréu dos descampados alguém, distante, poderia vê-lo — e foi para mais longe, subindo um monte. Lá em cima, tudo já preparado, amarrou os pés e as patas dianteiras do carneiro, carneiro de olhos imensos, olhos d'água — parecendo de gente mansa e que perdoa.

Feito isso, tomou-o nos braços, tão pequeno era e tão leve, colocou-o sobre a pedra. O animal olhava-o — curiosidade e mansidão. Não relutou um instante. Nem queria relutar. Pensando agora: talvez tivesse medo de se arrepender. Tirou a faca da cintura — a faca que gastara toda a manhã: amolando na margem do rio, com areia e água — e preparou o golpe. Foi bem na garganta. O sangue espirrou, molhando-lhe o peito desnudo. Aí o carneiro tentou berrar, compreendera, afinal, por que estava ali. O berro estrangulado, o sangue derramando-se, o corpo sacudindo-se.

Enquanto o animal terminava de morrer juntou gravetos, galhos secos, folhas ressequidas, capim murcho. Colocou tudo isso em torno do bicho. Mesmo ainda quando a morte não chegara, fez a fogueira. Viu o fogo e, via agora, o fogo tão diante dos olhos — levantar-se, primeiro estalando nos gravetos, depois espraiando-se nas folhas secas e, por último, dominando o fim de tarde com os seus tons vermelhos, amarelos e negros. O fogo crescia, mas ainda quebrou matos, alimentou as chamas. No centro, a lã chamuscada, a morte.

Não pôde negar: sofreu um susto, um medo, uma coisa terrível que atravessava a alma. Saiu correndo, desceu o monte numa disparada única, as pernas sacudindo-se na velocidade dos ventos. Era quase noite. Aproveitou um instante, já cansado, para banhar-se na curva do rio, sobretudo para limpar o sangue que espirrara em seu peito. Demorou-se, a água acalmando-o, de propósito.

Em casa perguntaram-lhe se vira o fogo. De pé, no alpendre, observando o fogo que já se transformava em fumaça escurecida, encontrou o pai e a mãe. Tinha certeza que Abel, entristecido e magoado, sentado no banco, sabia o que estava acontecendo. Nos dias seguintes procuraram o carneiro Jasmim que desaparecera ou fora roubado. A mãe confortou Abel.

— O compadre Teodoro traz outro.

Apagou o candeeiro, já não podia suportar a luz — a luz tão pouca, lembrando-lhe as chamas que devoraram o carneiro. Parecia-lhe, agora, no escuro da sala, que estava vendo a própria face. No entanto, apenas a brasa do cigarro avermelhava-lhe a cara quando puxava a tragada. E perdeu o sossego, já estraçalhado, quando verificou que gostava do escuro para não recordar do rosto de Abel — o sorriso, o olhar, a ternura. Sabia, o irmão sabia que fora ele quem matara o carneiro, com a faca e com o fogo, mas não o denunciou. O que era estranho. Porque e se agora desejava esquecer o rosto, lembrava a voz — o irmão, ao invés dele, não gostava do silêncio. Era o oposto: tinha tantas palavras quanto os dentes da boca, igual ao compadre Teodoro. Gostava de sair para o povoado sempre bem vestido, disputava partidas de bilhar, trocando alegrias com os camaradas. Embora nunca discutisse. Os dois: um lado sombra, outro luz. Só que não entendia por que tivera de ser assim, tão distantes — um no sol, outro na madrugada.

Percebendo que seria inútil a escuridão para esquecer Abel, arrastou-se para o quarto. Talvez, deitado, não demorasse a dormir. Só que não queria, não queria e rejeitava feroz: o sonho. Sonhos que se formam, fantasmas que fazem companhia.

Entrou no quarto.

Sentou-se na cama. O redemunho das perguntas retornando: "Foi inveja ou ódio?" "Quando começou?". Tinha vontade de repousar o corpo, já tão massacrado. A alma sempre recusando. Chegou a deitar-se, a cabeça apoiada no travesseiro. Num salto, que não era próprio de sua lerdeza, sentou-se. E, sentando-se, voltou a ficar de pé. Caminhou pelo quarto. Teria que acender uma vela para acalmar a alma de Abel? Não, não. Abel não o incomodava, não faria isso, irmão do irmão. Saberia ficar quieto e resignado na sepultura.

Dava voltas, voltas, parava, tornava a andar, conhecendo os caminhos e os descaminhos do espírito torturado. Olhava a cama com uma grande pena: tanto que seria bom, tão bom, deitar-se e dormir. O outro dia tem sol. As sombras só se formam no entardecer.

Saiu para a sala, depois para o alpendre, sentou-se no velho banco, o banco carcomido pelo tempo, onde ele e Abel estiveram sentados quando o compadre Teodoro trouxe o carneiro. A madrugada no negrume dos ventos esquecidos. E foi ali, pela primeira vez, que temeu acender o cigarro. Ainda retirou o maço do bolso, abriu-o, colocou um cigarro entre os dedos, o fósforo tremeu. Estava com medo? Que tipo de medo o atingia tanto tempo depois de passar a vida em afoitezas? Não veria o rosto do irmão. Nunca mais. Nem em fotografias.

Quase que sentia dor. Mas não aprendera que a dor é apenas física? Queria convencer-se disso, fazia um grande esforço. Ou dor é também essa sensação de que o corpo não conhece descanso? Retirou o fósforo, levou o cigarro aos lábios, esperou um instante. Não, não acenderia. Pelo menos agora. Talvez no próprio rosto, a brasa mostrando-o, pudesse reconhecer Abel.

Estava cansado, muito cansado. Os ombros doíam. Foi longa a caminhada até o cemitério com o caixão sobre os ombros. Preferia não ter feito a caminhada. Nunca.

Não sentia fome. Nem fome nem desejo de ficar sentado ou deitado. A boca amargava. Talvez fosse preferível apenas fechar os olhos até esquecer. Mas o esquecimento, compreendia, é um tecido que se desfaz, puindo-se, rasgando-se, desfazendo-se pelo tempo.

Lembrou-se: no baú havia um jogo de cartas — com figuras que inventara misturadas às do baralho convencional — para ler o futuro dos outros. Se servia para os estranhos, serviria para ele também. Com a lentidão dos machucados, levantou-se novamente.

No quarto, rejeitando o medo, como quem enxota um animal, acendeu o candeeiro. Não, o rosto de Abel não estava ali. Logo encontrou as cartas. Foi mesmo sobre o baú que armou o Destino. Pela regra, as cartas ficaram primeiro de costas, na ordem que estabelecera, o estudo do desconhecido.

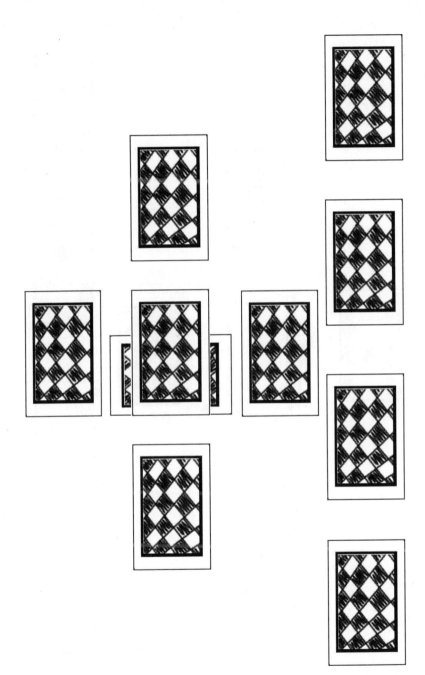

Fez as orações, de cabeça baixa e olhos fechados, nunca pedira com tanta força que o traçado se desfizesse e esclarecesse a vida. Uma vida que já julgava incapaz de suportar. "Preferia a morte" — disse, mas o lábios permaneceram fechados.

Um instante, tão breve quanto a alegria, vacilou. Tornou a rezar, esfregando as mãos. Ia, não era possível esquecer, iluminar os mistérios. Só não desejava que o punhal, mais uma vez, saltasse para as mãos.

Respirou fundo. O suor, se era mesmo suor, escorreu pelos cantos da face.

Uma a uma foi levantando as cartas.

Um instante só os pensamentos, a lenta interpretação.

Não fora trama apenas de sua alma, as cartas revelavam. Sem alívio, mas podia adivinhar. Ou não estava vendo, encimando o jogo, no alto, a dama de copas e o rei, a carta por ele inventada?

Mesmo assim, novamente, e outra vez, sem repouso, ficou de pé. O Destino é assim tão maltraçado? Abriu a porta do quarto. Percebeu que o dia estava nascendo. Finalmente. E percebeu por que os ouvidos recolheram o aviso: os galos voltaram a ensinar-lhe a assobiar. Depois foram os pássaros — esse alvoroço do dia. Todos os ruídos, todos conspiravam em Jati.

A manhã acordava.

Saindo do quarto, viu Dina. O frio da manhã enfeitado pelos cânticos dos pássaros, pelos galos, por um cão ladrador. Estava, a mulher, não exatamente na porta do corredor, mas um passo depois. Alta, magra, os olhos negros e fundos. Fundos e entristecidos. Judas trincou os dentes.

Tivesse muitas palavras, ele gritaria para mandá-la embora. Mas não havia sequer gritos no peito. E se os tivesse, não irromperiam. Incomodavam. Olhou-a, tão abatido e ofendido quanto ela. Perguntava-se se teria coragem para permanecer tanto tempo ao seu lado.

Não esboçou nenhum gesto — não esboçaria ainda que

fosse para salvar a própria vida. Dina, porém, coberta pela mesma manta escura e pelo mesmo vestido desbotado, as curvas dos seios aparecendo, a cintura afivelada, voltou para a sala de refeições e sentou-se. Sentando-se, era a denúncia de que ficaria para sempre. Conhecendo-a suficientemente, compreendeu que era desnecessário falar.

Judas, decisivamente, não entendia por que ela insistia em ficar. Esperava pelo casamento? Mas verificou que não era apenas uma mulher que espera — era a própria valentia. Ficaria para acompanhá-lo: passo a passo, lado a lado, numa exigência mais dolorosa do que o suspiro de Abel na hora da morte.

TERIA de segui-lo. Manchado o sangue, era impossível evitar. Fosse como fosse, ainda que demorasse o casamento, ou que talvez não se realizasse, seria o esposo. Não é esposo aquele que possui as carnes? Por isso jogou a manta sobre os ombros, apanhou uma vela no quarto e entrançou o terço entre os dedos. Durante muito tempo caminhariam até o cemitério.

Não conseguia, porém, esquecer a voz da mãe, Sara. Ela gostava de contar, sempre na hora das refeições, o prato de comida sobre as coxas, às vezes conversando de boca cheia, e parecia que tinha um redemunho dentro do corpo. Os irmãos, Jordão e Inácio, e ela, Dina, sentados no chão, os olhos mais escancarados do que os ouvidos. Que meninos parecem ouvir apenas com os olhos, enfeitiçados. O encanto da paixão.

Quando Judas jogou o caixão sobre os ombros, decidiu que não podia ajudá-lo. Não era correto tocar na madeira que conduzia o corpo de Abel. Era como ofendê-lo, mesmo depois de morto, mesmo que não pudesse respirar lento e aflito. Além disso, o assassino é quem conduz o morto à sepultura. Mesmo quando foge e desaparece nos confins. Mesmo estando tão longe, como a alma do corpo, após a morte. Ali, porém, não vira tão perto: vítima e agressor?

Foi Sara quem disse, os cabelos alvos e longos: lutaram corpo a corpo, anos inteiros, e os filhos não nasciam. Ela, a mãe, chegou mesmo a acreditar: era castigo. Mentiram ao dono da hospedaria — não se lembravam: "somos irmãos?" — e estavam sendo punidos. O homem morrera, mas o ventre murchara. O ventre ou o sangue de Adão? Passavam noites acordados, insistindo, duas, três vezes. A madrugada os conhecia tão bem feito os ventos e as sombras.

Percebeu que Judas cansava, no momento em que os ombros arriaram ligeiramente. Ele se esforçava, afastava a agonia e a dor, mas não podia fingir. Chegou a pensar que não alcançariam o cemitério daquela forma. Talvez ele pedisse ajuda. Pediria? Não, não pediria. Talvez caísse. Ou, quem sabe, arrastasse o caixão pelas cordas, semelhante aos meninos puxando carros nas brincadeiras. No entanto, não levantaria uma única palavra para pedir ajuda.

Adão, o pai, desesperava-se. Tanto sacrifício para que os frutos ficassem podres. Recorreu ao padre. Ela, porém, Sara, visitou a mulher dos mistérios. Não mais por ela. Que não se agitava pela falta dos filhos. Mas por causa do marido, somente por ele. Que a olhava entristecido. Pensou até que ele estivesse sofrendo doença de arrependimento. Arriscarase na fuga, provocara uma morte, atravessando aventuras e, agora, eram apenas esposa e esposo, os dois juntos carregando, solitários, os vazios dos dias.

Teve vontade de gritar: não sou doente. Pois de longe, mesmo de longe, percebeu quando Jordão e Inácio se levantaram das cadeiras na calçada, entraram na casa. Só por adivinhação de filha, sabia: a mãe, tão velha que se apoiava numa bengala, espiava por trás da porta, compreendendo que é muito difícil suportar a vida longe da família. Os irmãos, não, os irmãos eram voluntariosos, jamais voltariam a conversar com ela. E mais do que isso: jamais olhariam para ela. Esqueciam-se que também eram filhos da fuga.

Foi num sábado à tarde, depois da feira, que os três ciganos vieram visitar o pai, Adão, que estava sentado na cadeira de balanço, na sala de visitas. Podemos entrar? O homem vestido todo de roupa de brim azul, o chapelão na cabeça, perguntou. A mãe viu. Viu e depois contou. Adão permitiu. Sendo conversa de homens, Sara foi mandada para a cozinha. "Entre, Sara, entre, minha filha", o pai disse. Ela entrou, sim. Entrou. Não costumava discutir nem contrariar. Mesmo assim, encolhendo os pés para não fazer ruídos com as sandálias, escondeu-se no primeiro quarto, para escutar.

Primeiro Judas teve que fazer um grande esforço. Não precisava daquilo. Era fácil perceber que estava derrotado. Depois, com alívio, que tentou esconder de Dina, depositou o caixão na calçada da capela. E ela, já certa de que fazia aquilo mais para acompanhar melhor a agitação do rosto de Judas, do que para iluminar o morto, acendeu a vela. Não, não era rosto que o criminoso possuía: mas uma contorção estranha e danada, por onde as sombras se alongavam, e os olhos se aprofundavam.

Sara escutou: os três homens sabiam que ele, o pai, estava sofrendo pela falta dos filhos. Era impossível negar: os olhos revelavam. E não negou, Adão, a princípio reticente, não negou. Mesmo assim, disse que lhe faltavam esperanças. Velhos, estavam bem velhos os dois — ele e mãe. Naquela idade, os filhos são galhos murchos. O homem do chapelão disse: "Não é verdade. Ninguém dita ordens ao corpo." E prometeu que, seguindo orações e mezinhas, daí a um ano os falhos começariam a nascer. Sara, atrás da porta, soltou uma gargalhada. Para dentro: que não queria ser ouvida.

PARA evitá-la, os olhos que não se acostumam à paisagem, retirou-se para o quarto, onde as cartas ainda estavam espalhadas sobre o baú — o ás A e o 7 de paus ♣ formando uma pequena cruz, no interior da cruz maior, mais bela e mais completa, cujas extremidades eram o três de ♠ espadas, na parte inferior, os ramos coroados e o sol salpicado de sangue, com tochas de fogo, nas laterais e, no alto, a dama de ♥ copas. E ao lado, numa significação que só ele sabia compreender, as quatro cartas em linha reta ascendente: a serpente com as maçãs vermelhas, a mão onde aparecia uma gota de sangue com as cruzes, depois o carneiro e os punhais; e no alto, bem no alto, a carta que representava o resultado final: a coroa e as estrelas, o rei.

Agora estava decifrado, não precisava de esforços. "Não devia ter vindo" — suspirou. Era uma mulher, e ele, o único homem na casa. A dama e o rei, as cruzes do jogo, as cartas ascendentes. Nem necessitava explicar. Não, nunca. Tão claro quanto o sol ao meio-dia. Com certeza, sem recorrer a cartas, ela também desvendava o mistério. E não o queria. Por isso não sorrira no corredor. E isto ele sabia: as mulheres anunciam festa com os sorrisos. Estava ligeiramente mais magra — ou era apenas impressão? —, os negros cabelos soltos, a vida presa como a cintura no cinto. "Não devia ter vindo" — repetiu, não com os lábios, que estes já não pareciam existir mais para as palavras, mas com o incêndio da alma agitada e agoniosa. E, no entanto, não precisava esforços para reconhecer: ela ficaria na casa para atormentá-lo. As cartas não mentiam. Vira perfeitamente.

E mais do que isso: sabia, com pesar, que não iria expulsá-la. Era apenas uma mulher e ficaria. Para acompanhá-lo numa solidão e numa agonia que estava disposto a suportar enquanto as pernas pudessem mantê-lo de pé. Mesmo assim, decidira desconhecê-la, ainda que casasse, conforme o prometido aos irmãos. Ainda era isso que diziam a dama e o rei encimando o jogo? Que ela ocupasse todos os cantos da casa, que estivesse em cada móvel e em cada cisco, mas ele não a veria. Não porque fosse uma mulher, apenas uma mulher, mas porque não desejava companhia para sua alma.

A presença de Dina, entretanto, tornou-se ainda mais audaciosa quando a luz, um breve sinal de luz, talvez uma réstia, veio do quarto contíguo, pelas frestas. Ela acendera uma vela na cadeira que servia de cabeceira da cama onde Abel fora assassinado. Bastou esse gesto para confirmar — como se confirma que existe vida enquanto há respiração — que ela, definitivamente, ficaria para sempre. Porque — e ele refletiu — se tivesse que prestar homenagem ao morto, seria muito mais fácil e muito mais compreensível, que fosse ao cemitério. Ficaria, ela ficaria, mas não seria sequer um móvel acrescentado.

Que ela estivesse certa: não iria transformar em paixão o que estava se transformando em insuportável. Rejeitara, ele mesmo, acender uma vela junto à cama do assassinado para que não pude-se vê-lo, isso mesmo, em noites de vento forte. Pois são nas noites de ventos fortes que os mortos costumam voltar. Se era mesmo que desejava ficar, que ficasse: uma mulher conhece as decisões do seu sangue. O que esperou, todavia, foi ouvir cânticos, e se não cânticos, pelo menos, rezas. Não ouviu nada.

Inquieto, saiu para o alpendre. O dia estava quente — sol e fogo. Guiou-se até o curral onde encontrou o vaqueiro preocupado: os animais estavam no pasto, mas a vaca prenhe que sofrera durante toda a noite, ainda não dera à luz. Foi dizendo isso a Judas, sentado na porteira, comendo uma manga, a boca toda borrada, e não esperava resposta. Sabia que o patrão preferia agir a falar. Notou seu rosto abatido, as olheiras fundas, a noite sem sossego.

Escutou, os ouvidos estranhando:

— Se tiver necessidade, chame-me.

Voltando a carregar o sinal fumegante do cigarro aceso nos lábios — agora é que sentia mais necessidade de fumar —, apenas uma mão no bolso, o chapéu protegendo a face do sol, Judas continuou a caminhar. Tinha vontade de tomar uma decisão, já chegara a repensá-la, mas a presença de Dina obrigava-o a ficar. Estava disposto a vender a fazenda, não era tão grande assim que provocasse demora nos negócios, para ganhar os campos do mundo. Talvez, dessa forma, pudesse suportar a ausência de Abel, a certeza de que fora o assassino, o traidor. Não gostava de reunir lembranças. Por que os moradores não o inquiriam sobre a morte do irmão?

Expulsar Dina, era o mesmo que assassinar Abel novamente. Disso não tinha dúvida, embora para ele fosse uma estranha, uma estranha que permanecera sem pedir licença. E havia os olhos, meu Deus, havia os olhos da mulher, que eram os mesmos olhos assombrados e inquietos do dia do crime.

Tanto ficaria satisfeito se não a encontrasse mais em casa — olhando para ele, perscrutando-o, a devassa dos sentimentos.

Já estava para alcançar as margens do rio, que naquela hora se encrespava com o vento, folhas boiando, galhos formando grandes sombras na água, mas decidiu voltar para a casa. Indo e vindo. Andar, sempre andar. Não suportava mais o sol esquentando os ossos. De qualquer forma, com ou sem Dina, teria que enfrentar a dor.

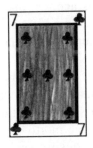 

DE DENTRO da sombra que antecede a luz, sentado no canto esquecido da sala, os olhos sofreram: quem estava saindo do banheiro, os cabelos molhados caindo sobre os ombros, a toalha na mão, era Dina. Saía nua, o corpo alto e esguio, coxas grossas, os seios pequenos que se sacudiam, ventre macio. Atravessou a sala, o perfume que se entranha no corpo. Não olhou para ele. Dina não o olhou. Uma visão, uma miragem. Mas considerou logo que estaria causando transtorno à alma do irmão se continuasse olhando-a. Baixou a vista. O macho agoniou-se, o sofrimento conteve-o. Provocação ou loucura?

Era uma visão mágica e terna, não tinha dúvida, aquela de Dina, nua, atravessando a sala. E ela não parecia preocupar-se — ou fingia — com a presença do homem. Nem sequer sorriu — se é que as mulheres costumam sorrir quando ficam despidas.

Se Judas não falava, Dina rejeitava sorrir.

Por um instante, duas imagens: uma sobre a outra, uma diante da outra, as duas de uma vez, única vez: Dina nua, caminhando pela casa; a mordaça, as roupas rasgadas na capela, o combate da carne contra a carne. Teria adivinhado que debaixo de roupas tão rudes se escondia corpo belo e macio? Passava agora, ela passava, a passada que mais parecia uma dança, como se não fora dança os corpos atracados na capela, o rosto de fera, os olhos raivosos e agitados. Talvez não fosse a mulher que ele repelira, por quem sentira repugnância, depois dos açoites, mas pela roupa grosseira e arranhenta. Tinha certeza de que não a teria novamente. Podia repetir o mesmo. Nua, Dina. Nua e nem tinha um ensaio de sorriso nos lábios.

Logo desapareceu no quarto, as nádegas móveis, perfeitas as curvas das costas. Judas, com um tanto de raiva e um tanto de agitação, perguntou-se, novamente, o que ela queria ali. Primeiro acendera a vela ao morto — guardando tanto silêncio quanto ele — e agora despia-se à sua frente, saindo do banheiro, talvez ainda mais para agoniá-lo e desesperá-lo. Desrespeito ou insulto?

Durante todo aquele tempo, durante todas aquelas horas, imaginara que não passava de um criminoso, matara o irmão por matar, traindo, tornara-se terrível diante dos olhos de Deus. O ir adiante da consciência, torturado. Vendo-a despida e tão tranqüila, parecia que ele também estava nu, nu diante de Deus, expulso do Paraíso.

Passou as mãos pelos cabelos, pela testa, pela face: suava — o sangue transformava-se em suor. Pudesse olhar-se no espelho veria os lábios contraídos, a face macerada, a barba crescendo. Era isso: era tudo isso o que a nudez queria representar. O que significava diante dos seus olhos. Tinha vergonha do rosto, os ossos salientes. Tinha vergonha do sangue que escorria pelas veias. Tinha vergonha de ser homem.

Sentia-se assim, quando ela retornou. Ela retornava sempre. O círculo no seu giro perfeito.

A princípio não quis vê-la — as mãos cobrindo o acanhamento do rosto. Não queria vê-la porque estava certo: mais do que antes se sentia despido. O homem que se mantivera, durante toda a vida, austero e taciturno, dono de suas rédeas e de seus clamores, que não fora capaz de carinhos, possuindo-a, luta contra luta, a capela tumultuada, despia-se diante da mulher, não a mulher vulgar do arruado, com o cigarro nos lábios e o chapéu na cabeça, despia-se diante de Dina — mais do que apenas uma mulher. Os dois despidos — a imprudência dos que perdem a luz.

Ouvia a respiração: ela devia estar muito perto dele — o hálito de ervas no corpo. Não queria vê-la — as mãos nos olhos, e também desejava que ela não o visse. Se estava despido, o frio na alma, as carnes trêmulas, como poderia enfrentá-la?

Munindo-se de coragem, o caçador enfrenta a fera ensandecida, embora abafando gemidos e tormentos, retirou as mãos e, finalmente, abriu os olhos. Os olhos que a princípio viram a sala meio escura, a luz refazendo-se, os pratos esquecidos. Enfastiado. Manteve-se de cabeça baixa. Tinha certeza de que não suportaria vê-la nua.

Voltou-se — era preciso voltar-se.

Um susto não cabe inteiro no coração. Quem estava na sala, agora, não era uma mulher de seios encantados, os bicos arroxeados, os cabelos espalhados sobre os ombros, o cheiro das carnes. Quem estava, impossível acreditar, era Dina vestida de homem: a calça e a camisa, o cinto e as sandálias, os cabelos penteados — o sorriso, muito mais do que o sorriso, o olhar e os gestos de Abel. A mesma estatura, sim, a mesma estatura — Judas confirmava: os ombros largos, os músculos salientes. Nem com esforço lembrava a figura de uma mulher. Se tivesse palavras, falaria. Estava disposto a falar. Mas se manteve tão silencioso quanto o dia era oco e assustador.

Com as costas da mão limpou o suor do rosto. Ela estava disposta a assustá-lo? Parecendo conhecer as manias da casa há anos, experiência e astúcia, ocupou exatamente a cadeira de Abel junto à mesa, repartiu a comida e ambos rezaram antes da refeição.

Silêncio, mais fundo do que o abismo, o silêncio.

Até que os talheres começaram a tilintar. Ela repetindo todas as manias de Abel, os trejeitos, a forma, a exata forma de levar a colher à boca.

Terminada a refeição, Judas retirou-se para o alpendre — impossível permanecer na sala. De pé, encostou a mão na pilastra de madeira. Não, é verdade, nunca tivera medo de almas penadas, costumava varar noites pelos campos sem receio de um único ruído, de uma folha arrastada, de um galho sacudido. Agora, entretanto, tinha medo. Medo de algo que não considerava concreto.

Teve vontade, num momento de raiva, e o momento de raiva cresceu quando riscou o fósforo para acender o cigarro, teve vontade de correr casa adentro, rasgar as roupas do irmão, desnudar, novamente, o corpo de Dina. Mas não podia fazer isso. Não podia. Seria capaz de enfrentá-la nua, outra vez? Deu a primeira tragada. Não estava se lembrando dele mesmo despido, ele, Judas, despojado das virtudes? O homem que tinha no rosto: vergonha e dor? E não foi por isso, não foi por isso e para isso que ela ficou nua?

Nem sentiu coragem para reiniciar o passeio pelos campos, o passeio de todas as tardes, depois do almoço, acompanhado de torturas e lembranças, do desespero que feria feito cobra picando o calcanhar. Não iria para o passeio — estava certo. E poderia enfrentar a solidão da casa? Que faria ela? Que faria Dina para atiçar ainda mais os clamores? Pudesse, as pernas lhe dessem coragem, retornaria ao povoado para tomar aguardente e, quem sabe, para traçar baralho. Mas estava cansado de cartas. O Destino oculto revelado. Não faria isso. Erro sobre erro não cometeria. Ficariam, sim. Ficaria. Não importava que fosse uma mulher, uma mulher que vira despida, bela e resplandecente, em tudo parecida, depois da roupa trocada, com o irmão, como se o irmão tivesse retornado para exigir a vida. Que os mortos, às vezes, costumam retornar para exigir o que lhes foi tomado.

Sentou-se no banco, colocou o chapéu sobre o joelho. Descansaria. Talvez cochilasse. No entanto, não queria dormir. Os sonos são tramosos: trazem sonhos e pesadelos. Bastava aquele que enfrentava de olhos abertos. E invejava os que, modorrentos, se deitavam em redes, agora, nos alpendres, para descansar depois do almoço.

Com receio de arriar a cabeça para o sono, aprumou-se na cadeira. Logo, logo, o sono vindo como a manta que cobre o corpo, escutou galopes. Escutou galopes — que eram tão costumeiros em Jati — e não abriu os olhos. Estava envolvido pela mansidão do começo da tarde: quente, era verdade, sol imenso escancarando os campos, mas de uma aragem que agitava, levemente, as folhas das árvores.

— Boa tarde, — ouviu.

— Boa tarde — estremunhou.

Parecia que falava com a miragem do sonho. Mas teve que abrir os olhos. Num gesto instintivo — o animal que sacode o corpo ao se levantar — passou a mão nos olhos. Irritava-se: estava certo de que não poderia dormir.

Diante dele, os cavalos inquietos — os cavalos costumam preparar os músculos até parar —, estavam os irmãos Florêncio. O de cara mais amistosa era Inácio, o mais moço. Jordão, se não estava enfurecido, permanecia impenetrável.

Só pelo costume da educação e da delicadeza — não fosse por isso ficaria sentado —, Judas levantou-se. Colocou o chapéu, que era como os cabelos: duros e aparados — na cabeça. Gostaria de pedir que subissem o alpendre. Nas circunstâncias, era melhor mantê-los à distância. Os Florêncio, embora pacatos e também silenciosos, nunca rejeitavam briga. Afoitos e valentes. Bastava o vento atiçar o fogo.

De pé, o cigarro colado nos dedos, quis saber.

— Qual é a intenção da visita?

Jordão antecipou-se a Inácio:

— Nem precisa perguntar. O senhor fez o pacto e tem palavra, pelo que sei. Enterraram Abel, um morto já não é mais do que um morto, não lhe devem senão orações.

Compreendendo, Judas olhou a casa: temia que Dina, vestida de Abel, julgava-a louca, estivesse na janela. Ou atrás da porta, escutando a conversa.

— O senhor acertou — respondeu. — Fiz o pacto e tenho palavra. No entanto, foram tantos os afazeres que não tive tempo de mandar correr os proclamas.

— Não haverá proclamas, serão desnecessários. O cavalo agitou as patas dianteiras, foi contido por Jordão. — O padre fará o casamento hoje. Está no povoado e não sabe quando volta.

— Não estamos preparados.

Inácio falou:

— É como você sabe: o padre não gosta de amancebados. Teve conhecimento da história. Também tem pressa.

— E se ele não gosta de amancebados, nós detestamos — Jordão tirou o pé do estribo. — Dina não pode permanecer solteira, dividindo casa com homem.

Num relance, as duas visões voltaram: a mulher que lutava na capela, empenhando-se para não entregar o sangue, e a outra, a outra mulher, enfeitiçada, bela e enfeitiçada, que passava nua pela sala. E a dúvida: sentia mesmo repugnância por ela ou desejava-a?

Judas foi definitivo:

— Se é que tem de ser assim, será. — Uma pausa de respiração funda. — Quando devemos chegar à igreja?

— Não precisa. — Mais uma vez Jordão apressou-se. — O casamento será aqui mesmo. Foi o que pedimos ao padre. Não queremos que o povoado veja essa vergonha.

Judas ainda pensou em dar uma resposta abusada, mas conteve-se:

— Está bem. Esperaremos.

Os cavalos, sob o controle das rédeas, giraram os pescoços para dar a volta. Judas cuidava-se: a vigilância dupla: uma nos cavaleiros, outra na janela.

— Aqui não temos santos.

— Tudo será providenciado.

Dessa vez, os animais deram a volta inteira, os irmãos ficaram de costas, retornavam.

Judas só lamentou que não tivesse dormido, tão boa era a

preguiça. Permaneceu parado, os cavaleiros afastando-se, poeira e sol.

À noite, vestido com o mesmo terno escuro com que enterrara Abel, Judas acendeu os candeeiros da sala. Calçou as botas e, para não desagradar os Florêncio, colocou gravata, uma gravata amarrotada que pertencera ao pai.

Dina, com um vestido sem ser longo, mas abaixo dos joelhos, também substituiu as sapatos de Abel pelos seus. Naquela tarde, não saiu despida do banheiro. Aliás, enquanto os irmãos conversavam com Judas, não ficou na janela, desconfiada, nem se escondeu atrás da porta. Não precisava. Permaneceu sentada na cadeira de balanço, na sala de refeições, a roupa de Abel cobrindo a compostura do corpo.

Judas encontrou-a ali. Seco, direto, incisivo:

— O casamento vai ser hoje.

Não se recusou e nem mesmo ficou zangada: ela sabia que tinha de ser assim. Os irmãos, era certo, não descobririam jamais o ultraje, mas conheciam a ousadia do rapto.

Lamentou, porém, ter de mudar de roupa, tão ajustada estava na calça e na camisa que pertenceram a Abel. E, como se nada tivesse escutado, ficou, durante grande parte da tarde, na cadeira, o espectro que exige presença, balançando-se.

ENQUANTO tomava banho, como se a noite fosse encontrá-lo desfeito da beleza, fez a barba e penteou o cabelo, sempre escutando o gemer da cadeira de balanço — pois que o único ruído daquela casa, naquele dia, era o vaivém da cadeira, uma espécie de lamentação entranhada nas paredes.

Fez tudo isso com a lentidão repetida, tudo numa lerdeza de provocar raiva. E Dina não se levantou da cadeira um instante. Só depois foi que percebeu que estava suado, o colarinho sujo, a gravata enforcando. Não tornaria a tomar banho, jurou. Exasperava-se, todavia, com a indiferença da mulher, sentada na cadeira, o renhe-renhe persistente, dando, às vezes, a impressão de carro de boi arrastando-se nas estradas, renhe-renhe.

Depois sentou-se num banco da sala de visitas, acendeu um novo cigarro — a expectativa, o receio, já, de que a mulher não admitisse o casamento. Mas ela, quando os candeeiros ainda nem estavam acesos, levantou-se. Ele percebeu porque a cadeira fez renhe-renhe, balançou-se sozinha, era capaz de Abel estar ali, e parou. Pigarreou, soltou a fumaça. As tramas da noite escondiam os campos. Os olhos ansiavam.

Escutou os trotes — era a certeza de que eles vinham. Vinham e era inevitável. Não mexeu um único músculo na espera da mulher. Ela ainda não aparecera. Quem sabe, trancara-se no quarto, recusando-se? Todavia, tendo escutado os trotes — embora não fossem fortes e ainda tão distantes — acendeu os candeeiros. Um a um, protegendo as chamas. Na sala, de estranho, apenas a mesa colocada num canto da parede, coberta pela toalha branca, com bordados de pássaros e flores nas barras.

Depois dos trotes, era inevitável: surgiram as primeiras luzes. A caravana aproximava-se. Passo lento, passo lento. Dali mesmo, do banco na sala de visitas, e ainda esperando por Dina, viu sem um cisco de estranhamento: na frente vinham os irmãos, os dois. Não tinham rifles atravessados nas costas, mas era capaz de jurar que conduziam punhais escondidos na cintura. Logo depois, quatro homens com num andor nos ombros, e nas mãos desocupadas, quatro tochas - a noite incendiada pela fogueira do santo. Atrás, vultos — as noites que atormentavam a noite de Jati. Sempre eles, sempre, repetindo-se feito a roda girando. Muito mais do que vultos — sombras indefinidas.

No pátio da fazenda pararam. E Dina que ainda não aparecera? Judas ansiava, duvidava: era ele quem tinha repelência, ou ela? Por que demorava? Viria vestida de Abel? Iria insultá-lo? Uma mulher tem segredos que os olhos não podem conhecer.

As primeiras passadas ouvidas no alpendre. Levantou-se para recebê-los. Jordão e Inácio, sem roupas especiais, vestindo apenas capotes para a proteção do frio, tiraram os chapéus e entraram na casa. Fortes — nem vultos nem sombras, presenças compactas. Compactas e ameaçadoras.

Valente, um bicho nas bravuras da luta, Judas não sabia o que fazer nem como se comportar. Pelo que viam: a sala estava ali: a mesa coberta pela toalha alva, esperando o santo e a noiva. Os candeeiros acesos, na falta de candelabros.

Jordão, olhos de pássaro perscrutador, quis saber:

— Onde está Dina?

Judas, quase impassível, nem lembrou de soltar o cigarro quase queimando os dedos, respondeu:

— Virá a qualquer momento.

Nem terminara de falar, as palavras ainda escapulindo da boca, entraram os pais. Velhos, bem velhos. O homem com terno cinza, com listas, escondendo a tristeza nos olhos fundos; a mãe com um vestido inteiro, azulado, as mãos tão finas e leves que nem pareciam mãos, dois frágeis pássaros sem plumas, a bengala. Lado a lado, ombro a ombro, o pai abarrotando o chapéu nas mãos, não por fraqueza — igual aos filhos lutava e não rejeitava duelo — mas por humildade, pura velhice.

O alpendre todo iluminou-se com as tochas que os homens traziam junto com o altar. Permaneceram de pé. Aguardavam ordens. Sem olhos de raiva, de irritação. Talvez um misto de cansaço e indiferença.

A mãe, os lábios finos, toda ela pequena e meiga, dessas mulheres que já se parecem com mãe, mesmo quando não são casadas, carinho e cuidados na face, perguntou:

— Minha filha está?

Judas, por instante, vacilou. Terna, fora tão terna a indagação, sem exigência. O pai é que, rijo e imóvel, não dizia nada.

— Está lá dentro. Creio que no último quarto.

A mãe, arrastando a leveza de sua presença, depois de um "com licença", entrou casa adentro, enfrentando a meia-escuridão do corredor. Ia assim terna, macia e tão velha, que se parecia mais com uma lembrança.

O pai se sentou numa cadeira, o chapéu sobre as coxas, os ombros curvos, sem, no entanto, perder a força. Inácio ficou ao lado dele. Jordão, no comando, ordenou que os quatro homens entrassem com o andor. Era um Santuário imenso, todo trabalhado, com dois querubins no alto, sobre as portas. O padre, cuja presença era tão leve que quase não se percebia, a batina negra e os cabelos embranquecidos, tirou a chave do bolso e abriu o móvel. Lá de dentro, tirado por único homem, mãos de atenção e delicadeza, saiu um Cristo de madeira em toda a majestade: o coração sangrento, de um vermelho intenso e grave, exposto no peito, a mão direita pousada sobre o ventre, a mão esquerda levantada, o indicador apontando para o alto. Estava todo de branco com uma faixa azul atravessando a cintura, pés descalços. A coroa de espinhos na cabeça.

Depois que afastaram os móveis, deixaram apenas o Cristo, alumiado pelos candeeiros, sobre o altar. Depois Ele ficou muito visível e eterno quando acenderam três velas aos seus pés. O padre que, assim como Judas, não dava uma palavra: tudo fazia diante dos olhos silenciosos do pai e de Inácio.

Judas, braços cruzados, permaneceu num canto da sala, vestido com o terno negro. Teve desejo de acender um cigarro. Desistiu. O suor porejava na face.

Foi o pai quem viu, na distração de Inácio, maravilhado com o Cristo no altar, a filha atravessar o corredor, em companhia da mãe. Estava com o vestido branco abaixo dos joelhos, o decote sóbrio, os cabelos negros insistindo em escorrer pelos ombros. Usava sapatos também negros, o mesmo cinto, nenhuma espécie de pintura no rosto.

Judas inquietou-se. Se ela não pintara os olhos, tinha algo nas pestanas que assustava. Não chorava, a noiva solitária e abandonada não chorava, mas as pestanas pareciam molhadas, davam aos olhos brilho e beleza, enegrecidos e ternos.

Inácio retirou-se. Voltou com duas moças que, por exigência do sacerdote, serviriam de testemunhas, assim como os irmãos. A mãe segredou alguma coisa ao ouvido de uma das moças que, depois de um instante de relutância, abraçou Dina. Elas, as moças, tinham lágrimas nos olhos.

A que ouvira o segredo da mãe se retirou, levando um candeeiro. Judas pensava: "Se não queriam que o povoado assistisse a essa vergonha, por que tanta encenação?" Jordão conversava com o padre, que se paramentava. No entanto, só uma coisa deixava Judas nervoso, ajeitando o colarinho, apertando o nó da gravata, limpando o suor do rosto: era aquele Cristo no altar, o coração sangrento, o dedo apontando para o alto, a coroa.

Quando a moça voltou trazia numa das mãos: folhas e flores. Colocando o candeeiro no lugar — imenso era o silêncio e as pessoas permaneciam caladas — fez, ela própria, a coroa da noiva, entrançando folhas e flores, nos dedos ágeis de quem já tinha costume. A outra moça ajeitava os cabelos de Dina.

De pé, no centro da sala, as pestanas alumiosas, Dina deixou-se coroar. Uma só reclamação não fez nem se a coroa ficara pequena ou grande. Tinha as mãos cruzadas no ventre. A mãe, Sara, cochichou aos ouvidos da moça:

— Tem espinhos. A coroa tem espinhos.

— Não há de ser nada. São poucos e não machucam.

A resposta que obteve. Não pôde contestar, não teve tempo, pois a sentença do padre levantou-se:

— Os noivos, por favor, aproximem-se os noivos.

Judas esqueceu que estava distraído, deu o braço a Dina. Mãe e pai. Sara e Adão, logo depois, também se aproximaram. Os irmãos ficaram um em cada ponta, sempre acompanhados por uma das moças.

Rápida foi a preleção do padre, não mais do que as palavras necessárias. A cerimônia andando a galopes. Dina, somente Dina parecia existir: o rosto magoado, ofendido, um sentimento medonho. Não demoraram a responder sim. Mas precisaram das alianças dos pais para selar o pacto.

O beijo foi Judas quem deu. Na face direita. Não nos lábios. Dina apenas movimentou os lábios sem tocar na face.

Tudo terminado, desfeito o altar, Cristo devolvido ao Santuário, os carregadores voltaram a colocar o móvel sobre os ombros, os irmãos acenderam as tochas, apagaram as velas. Pais e filha despedindo-se. Judas aproximou-se de Jordão:

— Se não queriam que o povoado assistisse à vergonha, por que trouxeram tanta gente e carregadores com tochas acesas?

— O padre não queria que Cristo viesse no escuro.

Já estavam no alpendre, menos Dina, que entrou em silêncio, rápido.

Ainda durante algum tempo, depois de fechar portas e janelas, tramelas e ferrolhos, Judas ficou sentado na sala, o cigarro aceso, um homem que casa já não é o mesmo, ele sabia, sabe, tem visgo. Do interior da casa não vinha um único gemido, nem o renhe-renhe da cadeira de balanço. Parado, não afrouxara sequer a gravata que o incomodava tanto. Podia ficar ali, dormir ali. Jamais pensara que lhe faltaria coragem algum dia. Era mesmo falta de coragem? Mas não, não podia ficar na sala. Dina esperava-o. Não seria, agora, ultraje, violentação. Já não seria o macho procurando armadilhas embaixo de saias.

Não o acompanhou por piedade. Isso é que não. Só para que Judas visse nela: Abel. Não foi sequer para saber onde o outro ficaria enterrado. Ficaria satisfeita só em vê-lo, o assassino, caminhando solitário pelos campos de Jati, o caixão jogado sobre os ombros. No entanto, tão logo percebeu os preparativos, arrimou-se também. E nem os planos estavam ensaiados.

No caminho, tanto no caminho quanto mais tarde na cadeira de balanço, os ouvidos escutavam a mãe, de olhos fechados percorria o poço fundo da lembrança. "Por que sua mulher riu?" Foi o homem do chapelão quem perguntou. "Minha mulher, Sara, está nos afazeres", — o pai respondeu, pronto, imediato. Não pôde evitar, contudo, que o susto possuísse os olhos.

Tinha dificuldades, Dina tinha dificuldades, porém, de estabelecer o momento exato em que o enredo surgiu pronto: fósforo riscado na memória. No caminho? na volta? no renherenhe da cadeira? no escuro da alma? Não valia a pena se esforçar para descobrir o rastro da serpente. O que sabia, confirmava: a vida corre de acordo com a encenação. Não é necessário descobrir motivos. Basta a certeza.

O homem do chapelão insistiu: "Não, ela não está nos afazeres, nos cuidados, nas atenções. Está mesmo é atrás da porta, nos ouvindo." Sara saiu para atender ao chamado de Adão. Cometer o crime de escutar segredos não era tão grave quanto trair? No entanto, ela disse, muitos anos depois confirmou, parece que a risada se transformou em sorriso, porque o homem apontou: veja o rosto dela, falando com jeito de mágoa.

Teve necessidade: podia afirmar sem escolher palavras: teve necessidade. Terminado o banho, tão boa a água escorrendo pelo corpo, percebeu que a nudez era segredo, como pode ser segredo todos os encantos do mundo. Daí que era diferente: havia uma mulher por fora e uma mulher por dentro. A que possuía uma alma atormentada, e a que carregava um corpo perfeito e solto. Não espiou as roupas penduradas no prego. Leve, leve e livre, tirou o ferrolho da porta. Que alegria era aquela quando o vento atingiu as carnes desnudas?

A mãe, Sara, quis afastar o sorriso. Feito uma pessoa que tira um cisco da face. "Hein, Sara, você riu, gargalhou?" Foi o pai, o marido, Adão, quem quis saber, a pergunta suspensa nos lábios, entranhada nos olhos. E antes que terminasse, o homem dirigiu-lhe a palavra: "Será isso, porventura, muito difícil? "Isso o quê?" "É a senhora quem pergunta? Pois saiba que mesmo as mulheres mais idosas, mesmo aquelas que se dizem murchas e vazias, podem gerar tantos filhos quanto os dedos das mãos."

A princípio julgou que era apenas para satisfazer-se. Antes não foi possível descobrir as felicidades da carne. No entanto, no momento em que alcançou a sala, precisou conter as ânsias do coração afoito: Judas estava ali, sentado, e mais do que surpresa viu tortura nos olhos. Um tal tipo de surpresa que um homem não sofreria mais se tivesse os dedos decepados. Já não tinha um rosto, mas uma máscara medonha e agitada. Talvez naquele instante começasse a entender a gargalhada da mãe. Andou, as pernas não vacilaram. Em nenhum instante sentiu vergonha. Logo ela que se acanhava quando uma nesga do ombro ficava de fora.

A mãe repetia e o sorriso — a gargalhada? — já não estava nos lábios e nos olhos, mas nas palavras, unicamente nas palavras. Um ano depois, pela madrugada, deitou-se para o parto. As empregadas haviam saído para chamar a parteira, ouviram pancadas na porta. Àquela hora? Num momento como aquele? Quem era? O pai, Adão, escutou: "Ó de casa?!" Foi Sara, porém, foi Sara quem decifrou, logo e logo, sem suspeita: eram os homens, os três ciganos que anunciaram o nascimento. Ela, a mãe, sofrendo as dores, teve medo. Um medo tão grande, tão intenso, suor escorrendo por todo o corpo, que nem viu quando a parteira entrou no quarto.

Ela também, Dina, também ela sentiu medo — ou pânico — idêntico, depois que atravessou a sala e, finalmente, entrou no quarto. Diante dela, como se jamais tivessem saído dali, no cabide ao lado da porta, estavam as roupas de Abel. Diferente da mãe, não sorriu, nunca sorria. Jogou-as sobre a cama, vestiu a calça, depois a camisa. Diante do espelho, para pentear os cabelos, o rosto que viu foi o do assassinado.

Dirigiu-se ao quarto, a ponta do cigarro atirada no chão. Empurrou a porta. Estava aberta. Os olhos demoraram a se acostumar com assombros. Dina, a bela Dina, na pouca escuridão do quarto, estava inteiramente nua, deitada de costas, os olhos no teto. Um arrepio percorreu o corpo de Judas. Não era a mesma mulher insolente e afoita que saíra do banheiro. Transformara-se. Transformara-se em algo que a carne em gemidos não pode suportar. Encantada e terrível. Terrível a mulher que, resignada, compreende as núpcias. Nem esperara por ele. Que nem ele sabia mesmo se iria. Dina não sorria nem se movimentava. Não alterava a posição de um dedo. Mas era de uma beleza formidável como pode ser a beleza quando inquieta e atormenta. Toda de uma cor, morena, os cabelos soltos sobre o travesseiro, os seios pequenos e duros que caberiam numa única mão.

Seria apenas resignação ou desejo? Um desejo que a fazia mansa e bela, disposta a se entregar, talvez gemendo, os gemidos que saem das estranhas incendiadas? Ou resignação — que as mulheres sabem resignar-se quando o coração arrebenta?

Judas, a dúvida e a lerdeza, sentindo o calor do corpo ainda vestido com o terno escuro, procurou a cadeira, a cadeira que guardava no quarto para as noites insones. Sentou-se, cruzou as pernas, nunca o cigarro fora tão amargo na boca. Não a repelia mais, não sentia repugnância, nojo? Dina mudou de posição: agora estava de lado, um braço dobrado entre a cabeça e o travesseiro, os cabelos espalhados. Era uma mulher. Uma mulher que desejava. Assim é que devia ter sido antes. Nem queria recordar-se da luta na capela. Suspirou.

Suspiraria ainda mais porque não tinha coragem de tocá-la. Desentendia-se a si mesmo. Quisera-a enquanto Abel estava vivo, a quem ela pertencia. Agora, porém, compreendendo que o desejo se transformava em paixão, perdia a força. E ela aguardando, ele sabia. Deitada e nua, as núpcias confirmavam, ela o queria. Nem sequer se protegia num lençol, havia um aos seus pés. Esfregou o rosto, meu Deus, Judas esfregou o rosto. Dina espichava-se na cama. Não era impotência, o homem atacado pela fraqueza. Não era. Nunca se sentira tão homem e tão macho. Mas havia algo que o impedia de levantar-se, tirar a roupa e deitar-se ao lado de Dina. Lembrou-se das cartas.

Pela madrugada, e ainda não deixara a cadeira nem trocara de roupa, ouviu pancadas na porta. Cochilara ali, as pernas estiradas, as mãos dobradas sobre o ventre, a gravata enforcando-o? Pesavam as pálpebras. Abriu os olhos. Dormia, os braços soltos, na tranqüilidade do pássaro que tem as asas abertas, despida, Dina dormia. Cansara de esperar. As pancadas repetiram-se.

Levantou-se cansado, apagou os candeeiros que permaneceram acesos na sala, abriu a porta. Era o vaqueiro. Protegido num capote de couro, chapéu na cabeça, a barba crescida, cheiro de animais. Trazia-lhe a notícia. Naquela noite, dali a instantes, acreditava, a vaca ia parir. Noutra ocasião, espreguiçaria o corpo. Não se preocupou, entretanto, nem com a roupa de noivo nem com as dores na coluna nem com as pernas dormentes. As costas ardiam.

Acompanhou o vaqueiro que falava, o hálito frio da noite

incomodando. Pularam, os dois quase ao mesmo tempo, a porteira do curral. A vaca mugia, os úberes imensos, a barriga larga, na certa sofria a agitação do parto. Abel tinha mãos hábeis no manejo dessas artes. Mãos que ele admirava enquanto se prontificava a ajudá-lo.

O vaqueiro tomou as iniciativas, as botas atoladas no esterco mole. Falava, o vaqueiro falava, sempre falava, falando. Judas, afinal, tirou a gravata e o paletó, pendurou-os na cerca. Aumentou o frio.

— É uma pena que Abel tenha morrido de morte tão apressada. — O vaqueiro tinha mais palavras do que dentes. Era uma mania. Talvez para se distrair. — Nem esperou pelo bezerro que é dele. O senhor sabe? Bem que podia esperar. Não podia?

Tomou novos cuidados, carinhos de especialista, fazendo a vaca sofrer menos. Parto difícil.

— Somente tive notícias da morte muito depois — continuou. — O senhor até podia ter mandado me chamar. Nessas coisas não se nega favor. Soube que carregou o caixão nas costas, sozinho, acompanhado pela mulher. Casou à noite, não foi? Até parece que estou sobrando aqui: nem me convidou.

Outras providências, jeito de quem conhece o ofício.

— Ajude aqui. A bicha bem que está sofrendo. — Judas segurou o focinho da vaca. — Desculpe tirar o senhor da cama numa noite dessa. — Talvez tivesse sorrido, por malícia. — Doença medonha de estranha, a de Abel, não é? Nem que fosse coisa de coração arruinado. Foi doença feia? Dessas que a gente nem pode ficar por perto?

A vaca gemia, no esforço. O bezerro, uma coisa desmantelada e sem apoio, todo sujo, sangue e um líquido esbranquecido escorrendo pelo corpo, deitou-se na terra, no esterco, ou caiu, sujando-se ainda mais, sem forças para ficar de pé.

— O bezerro de Abel, não é?

Judas olhou-o: os olhos de fúria, de um ódio que

recomeçava a sentir, fazia tempo esquecera. Um ódio que ele pensava nunca mais fosse arrebentar. O bezerro lembrou-lhe o carneiro que sangrou vivo no monte e depois tocou fogo. A vaca lambia o bezerro.

— É que vim a saber da morte, só vim a saber pela voz do povo. — O vaqueiro terminava os cuidados. — Tinha saído. Quando precisar de mim para essas coisas, para enterros, não se acanhe. Admiro esse acanhamento sem motivo.

Judas quis mandar o homem ficar calado. Não disse nada. Nunca tinha nada para dizer. Abel revivia? Desta vez não iria matar o animal. O carneiro, transformado em bezerro, tantos anos depois, estava retornando com espantos e agitações.

Deixou o vaqueiro sozinho, cuidando dos últimos afazeres, daí a pouco começaria a retirada do leite. Difícil de suportar a caminhada tão breve, as botas sujas de esterco, a roupa salpicada de sangue, sempre o sangue, tão forte a sensação de que era um inútil. Surpreendia-se de que as pessoas nem suspeitassem: Abel fora assassinado.

Subindo o batente, percebeu que o dia começava a nascer, um sol medonho espraiando encantos pelos confins das serras. Os campos suportavam essa beleza trágica que ele não podia entender. Suportar a si mesmo já era um fardo pesado demais. Tinha os ombros arriados, as mãos quase tocando nos joelhos, a face contraída e macerada. Andava porque era obrigado a andar, porque as pernas, cansadas, obedeciam. O redemunho de sentimentos era penoso para a sangria do coração. Parou. Só por um instante parou. Que consolação, mais tarde, o sol lhe traria? Restava-lhe o que restava ao homem amargurado: a esperança.

Sabia agora, o olho do caçador espreitando a fera, que teria de conviver com Dina. Não reconhecera, vendo-a despida, deitada, que era capaz de amar? Marido e esposa.

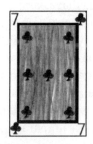

Com um sorriso de ironia, lembrou: Judas e Dina. Um e outro enredados num labirinto cuja saída seria sempre a solidão. Não fora o A solitário que vira no jogo, a primeira carta, e sobre ela, a ♥ dama de copas? Teve vontade de sorrir. Depois de tanto tempo o sorriso desvencilhava-se das teias.

Sonhara mesmo em vender a fazenda, ganhar as estradas empoeiradas do mundo, cuja cama seria a pedra áspera e o lençol o encopado das árvores. Quando houvesse árvores — pedras é que não lhe faltariam para incomodar os ossos.

Não, nunca. Confirmou. E confirmou cheio de um obscuro sentimento de angústia: dali não retiraria pé, porque estava vendo, agora mesmo estava vendo, já na sala, o mesmo sorriso, o mesmo sorriso que não era porque só possuía amargura, o mesmo sorriso de Abel sentado na mesa, esperando-o para o café da manhã. Era Dina com as roupas do irmão, o cabelo do irmão, o jeito do irmão. Estava surpreso. Pensava nela apenas como mulher, a mulher que desejara durante toda a noite, duro desejo, despida, e que não fora capaz de possuir. Jogava? Dina jogava? O jogo fingidor dos astutos?

Jurou que ela tentava sorrir. Sim, jurou. Não o sorriso dos

irônicos, dos que desprezam, dos que insultam: o sorriso dos que procuram prazer e agrado nos lábios. Não era o mesmo sorriso do irmão, mas o esforço.

Atravessou a sala, precisava tomar um banho, livrar-se do esterco das vacas, do cheiro dos animais. Fugia de Abel, fugia de Dina? Enquanto se banhava, a água maravilhando o corpo exausto, compreendeu, para sempre, que estava acuado. Rigorosamente acuado. Os olhos deslumbrados admiravam — e de certa forma amavam a nudez da mulher, mas sentia arrependimento diante das vestes do irmão, Abel. Amava-a, o amor duplo: por ela e por ele, Abel. E ela tinha desejo de agradá-lo. Por isso, o que estava querendo mesmo era ser o irmão durante o dia, para ampará-lo; e, durante a noite, a esposa, para completá-lo.

Como era possível conviver com sentimento duplo e contraditório: amor e arrependimento? Tudo por causa dela. Por causa de uma mulher que ainda tinha o corpo leve e esguio, feito virgem. E que, apesar de ofendida, violentada e ultrajada, enganada e traída, consolava-se em ajudá-lo.

Lembrou-se da conversa do vaqueiro: já se acreditava que Abel falecera de morte nojenta e repentina. Não o tomavam como um criminoso, um homem capaz de abrir, com um punhal, o peito do irmão. E, para ele, era doloroso. Era, sim, um criminoso e um traidor. Por que Dina não o denunciava? Não o denunciara aos pais e aos irmãos na hora do casamento? Sentiu até fúria quando o vaqueiro disse:

— O bezerro de Abel.

Terminado o banho, teve a idéia: e se também saísse despido do banheiro? Isso não iria fazer. Afastou-a. Não só para não repetir o gesto da mulher, como para alertá-la de que era inconveniente. Tão inconveniente quanto ela sair de casa. Dina não poderia colocar os pés no pátio quando estivesse vestida daquela forma. Muito menos despida. E jamais receber visitas. Ninguém suportaria visão de alma penada em pleno dia.

Saiu do banheiro, vestido, e já não a encontrou mais na

sala. Procurou-a: os olhos de gato noturno. Foi encontrá-la, sem gastar muito tempo, no quarto de Abel, acendendo uma vela ao lado da cama. Só para incomodá-lo, para atiçá-lo. Era o que ela queria. Queria enfeitiçá-lo, fustigá-lo. Ela queria. Criando a suspeita de que o irmão voltava, o irmão voltando, exigindo a vida. E exigindo dele, o criminoso.

Retirou-se para a sala de visitas, ainda mais abatido, certo de que era o arrependimento que voltava, chegando. E voltava com mais força e mais empenho porque ele tinha diante de si os dois num só: Dina e Abel. Desejava que isso não acontecesse, que não retomasse, sentia paixão pela mulher. Retornou ao quarto, nem havia se ajustado no banco.

Fechou a porta do quarto. Estava livre de vê-la — de vê-lo? — e de provocar mágoas com sua presença. Voltou, porém, a sentir a dor obstinada. Dina enlouquecera? Só podia estar enlouquecida para vestir-se daquela forma, para sair despida do banheiro, para ficar nua na cama, esperando-o.

Levantou-se. Na cozinha encheu uma xícara de café e ficou, de pé, parado na porta que dava para o quintal, a porta de baixo fechada. Os campos alumiados e empoeirados, vozes que vinham de muito distante, de uma realidade, que ele sabia, nada tinha a ver com a sua. Ou mais, muito mais: não tinha a menor relação com a sua dor. A agonia de um homem cruelmente dilacerado.

Parado, ali parado é que não podia continuar. Se, pelo menos, Dina falasse.

Apanhou o paletó no cabide da sala, evitando olhar para dentro do quarto, onde a vela ainda estava acesa, e saiu. Passou pelo curral, onde viu o bezerro, ainda deitado, sujeitando-se a viver. O bezerro de Abel. Os outros animais, já tirado o leite, estavam espalhados no pasto, podia vê-los todos, remoendo, numa indiferença que jamais considerou justa. Evitou a capela. Tomou o rumo do algodoal, e via os trabalhadores, com as cabeças cobertas por chapéus de palha, empenhando-se na luta. Não quis parar e nem fazer perguntas. Tinha medo de que falassem do irmão.

Reconhecia: estava exausto. A não ser sentado no alpendre, o cigarro pendurado nos lábios, agora só sabia caminhar, o tempo inteiro andando, o próprio dia demorando-se a chegar junto da noite. Além disso, estava quase impossibilitado de retornar: não suportava a presença de Dina vestindo as roupas de Abel. Era aos dois que amava? Marido e esposa. Irmãos.

Nem só por ela era impossível voltar: também pela lembrança do assassinato, a traição. Que custava ter um pouco de paciência, suportar as manias do outro? Que se casassem Abel e Dina, ele ganharia os caminhos dos ventos.

Ajeitou o chapéu, espantou o paletó empoeirado.

Vendo que podia cruzar numa vereda com um morador, mudou de caminho, embora fosse um homem pouco conhecido, tomou outro prumo que, por um momento, nem mesmo ele sabia onde ia dar, onde estancaria. Se fosse possível estancar algum instante.

Podia voltar à casa e possui-la. Corpo sobre corpo, acomodados, um embaixo do outro, teia de carinhos e beijos. Podia beijá-la. Mesmo isso. Podia até ordenar que não mais se vestisse daquela forma. Que vendo Abel, se arrependia. Os dois — homem e mulher seria mais fácil suportar.

Talvez nem aceitasse: ela fazia aquilo de propósito, para intensificar a dor, a fórmula sutil da vingança. Havia mesmo pensado, repensado, o plano feito enxame construindo-se na mente: o fantasma povoando a casa para atormentá-lo. Para fazer com que recordasse, recordasse sempre. Acendera a vela. Não era enlouquecimento: só astúcia. Só os fingidores — só os fingidores sabem como é o rosário do tormento. E como podia amar uma fingida?

O relâmpago da surpresa: se era possível alegrar, aquele seria o instante em que a alegria subiria ao peito, feito ave nas entranhas. Não sendo possível, apenas contentou-se. Também já tinha planos. Um homem só é capaz desse nome quando enfrenta ousadias. Agora estava decidido, tão decidido quanto é o punhal nas carnes. Cresceu a convicção: enfrentaria o amor, não o fantasma.

Tomou a direção da cerca que divisava Jati com outra fazenda. Parou junto a uma árvore. Era hora do sol chamejante e rútilo. Por força do hábito, os dentes amarelados, acendeu outro cigarro. Era, no entanto, esse gesto que trazia mais a lembrança de Abel. E o que não queria, recusava-se mesmo, era recordar. Matar um irmão não era como matar todos os irmãos juntos? Havia só um laço de sangue, a intimidade das paixões? Sentia-se cada vez mais derrotado: como se tivesse injuriado e massacrado toda a humanidade. Não era só um ato vil, covarde, repelente — era a destruição do sonho. A humanidade transformada em escombros.

Os pés ardiam, os ombros pesavam, a cabeça parecia não ter força suficiente para suportar o chapéu. Sentou-se numa pedra quente, o corpo suado, o nojo do suor escorrendo entre a camisa e a pele, as mãos ásperas esfregando-se. Quando entardeceu, uma sombra agoniosa caminhando, retornou à casa: talvez fosse possível agir, havia o plano. Seria capaz de amá-la.

Chegou esfalfado no pátio, subiu o alpendre e, por um instante, só por um instante, repousou na cadeira, deixando que o chapéu, com as sombras que vinham do amanhecer, escondesse o rosto. Não era mais possível reconhecer-se: nem a ele próprio.

Pressentiu, mais do que viu, os candeeiros acesos. Depois entrou na casa, atravessou o corredor, a mesa posta. Só com os cuidados de mulher era que a mesa estaria tão arrumada. Colocou o chapéu no cabide, lavou o rosto na bacia de flandre — poderia a água retirar a máscara da inquietação? — e sentou-se na cadeira junto à mesa.

De propósito, foi de propósito — ou açoitava-lhe os desejos — que Dina deixou o banheiro, outra vez, nua, e nem sequer trazia mais a toalha para enxugar os cabelos. O coração arrebentado. Ela fez que não viu Judas. Os pés descalços tinham silêncio, as nádegas pouco balançavam. Baixou a cabeça.

Deixou-a passar e retornar, também em silêncio, como

fantasma que exige vingança. As vestes de Abel, os jeitos de Abel, as maneiras de Abel. Sentou-se, também ela se sentou. Judas prometeu que ainda naquela noite conversaria com ela, possuindo-a na semi-escuridão do quarto.

"Agora — pensou — do ódio estou aliviado, mas será difícil aliviar-me do arrependimento." Não conseguiu comer coisa alguma. Olhava os pratos. Não sentia apetite.

"Quer enlouquecer-me, é o que quer" disse. E ao invés de sentar-se na cadeira do alpendre, armou uma rede no quarto, deitou-se. "Veio para tornar-me maluco, se é que já não estou." O plano que esquematizara, se esmaecia. Sentia-se, muito bem, na escuridão.

Que diriam os pais, vivos ainda estivessem, tomando conhecimento do assassinato, da traição? Por que fingira raptar Dina para escondê-la na capela e violentá-la? O mistério é que nem ele sabia que se transformaria, depois, num criminoso. Arrancaria soluços da mãe, raivas do pai. E os dois que pediram para que ele, embora o mais moço, cuidasse do irmão, guardando-o e protegendo-o? Necessitava de orientações.

A rede gemia nos caibros. A cabeça era um túnel, onde as pedras se sacudiam. Talvez, se conseguisse um pouco de calma, pudesse dormir. Mesmo com os sonhos. Mesmo com os pesadelos. Não suportava mais carregar o fardo da vida. Sem um dedo para descanso. Planejara dormir com Dina, despida — talvez fosse costume de moça solteira, escondida dos pais — mas desistia. Não iria para o outro quarto. Era tão imenso o amor que não conseguiria tocá-la?

Já estava ficando impaciente com os gemidos da rede nos caibros. Apoiou uma mão no chão, parou o balançado. Depois de esfregar o rosto, colocou as mãos atrás da cabeça. Pelos buracos das telhas entravam réstias de lua. E era o que não queria. Não desejava luz — que era luz o que lhe estava faltando. O que o impedia de ir para o quarto de Dina?

O pai morrera há anos, dias sofridos, depois de atacado por um touro. Imprevidência de homem que quer fazer-se maior do que a natureza. Uma pancada, rude e estúpida, no ventre. Uma golfada de sangue. Em casa esteve sob os intensos cuidados de mãos que conhecem delicadezas, mas que não sabem curar. Ali estava o pai, agonioso, o rosto desesperado que se transformava em despedida, ali, parado no canto da parede, a roupa suja de sangue? O pai, não, meu Deus, o pai, não. Touro também era: o homem. Sofrera com dignidade para quem a dor é apenas um acontecimento inevitável. Era certo que o pai o estava olhando? Só lamentou mesmo não ter evitado o choque, surpreendido que foi. Vieram, depois, as visitas, as curandeiras, as rezadeiras, os parentes: ele nem podia mover-se. O pai continuava parado, o rei de ouros? Transformou-se num homem só cabeça. Que mais tarde era apenas olhos. Dois ou três dias passados — nem sabe mais contar o tempo — fechou as pálpebras. Porque os homens serenos são assim: fecham apenas as pálpebras para que a morte venha por si mesma. Nem necessitava peleja.

Nunca mais teria repouso, compreendeu. Havia um cão raivoso latindo à sua volta. Não queria mais, nunca mais, se encontrar com ninguém, com mais ninguém, nem mesmo com Dina, nem mesmo com Abel, o fantasma. Ficaria ali mesmo no quarto, trancado, mesmo que o pai voltasse, não abriria a porta para comer. Queria apenas lembrar o sorriso de Abel. Que Abel tinha um riso fácil assim como o vôo de um pássaro. Não via como os pássaros gostavam dele: chamando-o, convidando-o, festejando-o?

Danado é que somente agora compreendia que amava Abel, mesmo quando Dina se vestia semelhante a ele, os dois

120

amados. Que o tinha amado durante toda a vida. Ajudando-o e protegendo-o. E nem sequer permitia uma palavra mais forte, mais incisiva, irmão é o sangue da gente escorrendo nas veias, e não esvaindo-se. Os dois juntos. Eram só os dois. A vida inteira para unir braço com braço. E se amando Dina, mesmo vestida daquela forma, alcançasse o perdão de Abel?

Apalpou o bolso: encontrou cigarro e fósforo. Acendeu o cigarro, quebrou o fósforo entre dois dedos. Não poderia amar Dina. Não poderia. Não estava vendo que era o irmão que voltava e uma alma que volta do túmulo não tem simpatia? Se a rede não gemesse tanto, voltaria a se balançar.

Mesmo quando a mãe faleceu, meses depois do pai, tinha uma doença que lhe minava o sangue, garantiram o pacto da união: sem palavras. Irmãos não precisam de palavras, de frases ocas. Só de sentimentos. Nunca que devia ter acreditado nas cartas — que as cartas eram só a coincidência do mistério. Mas o que significava aquele jogo sobre o baú? Por que insistia? Duas cruzes: uma maior, outra menor, uma dentro da outra. Ao lado, as cartas enfileiradas. Pela ordem, de baixo para cima: a serpente, a mão furada, o carneiro e o rei coroado. Não voltaria, jamais, a tocar nas cartas. O sinal era claro.

Sentiu que era madrugada quando os latidos dos cães encheram os ouvidos. Os latidos dos cães que disputavam com os galos. Esfregou os olhos e esfregar significava afastar o sono, mesmo sentindo as pálpebras grossas. Sentou-se na rede. O cigarro queimava os dedos. Esfregou-o com força, muita força, no chão.

Tirou a roupa, não necessitava mais do terno sujo, o homem que não merecia lordezas e enfeites. Ficou de costas para a penteadeira: recusava-se a enfrentar o espelho, repelia-se a si mesmo. Vestiu somente a calça do pijama. Tão velho o pijama, acolhedor, macio. Como era o sossego? Andou pelo quarto. A leveza nos passos para não acordar a mulher. Por isso tirou as sandálias.

Nunca mais voltaria a ver Dina. Não podia ver Abel. Os dois num só. Os olhos danados não suportariam. Tinha medo de que o irmão não o perdoasse. Morrera no silêncio, o sangue esvaindo-se do peito. Retornara para dizer alguma coisa? Mas não abriria a porta. Nunca mais. Nem para comer nem para banhar-se. Nunca mais. Não via que os olhos de Dina tinham a ternura de Abel?

Ouviu um ruído. Talvez ela estivesse acordando. Dormira nua, ainda uma noite, à espera. Inútil. Não deixaria jamais o quarto — um homem que se deixa enterrar vivo, sentindo a terra entrar pelo nariz, a falta de respiração endurecendo os pulmões. Só não queria que ela — ou ele? — sofresse com o sepultamento voluntário e consciente.

Dina estava, na verdade, acordada. Escutou a porta abrindo-se no outro lado. Seria Dina ou Abel? Quem sabe a fêmea bela e encantada da noite, despida. O dia devia mesmo ter acordado. A luz — indesejada e desprezada — surgia mansamente, muito mansamente. Podia ver pelos buracos do telhado. A casa criava movimentos.

Ela devia ter estranhado — a espera inútil de que ele ocupasse um lugar à mesa. Devia, sim. Porque passado algum tempo, o tempo em que a angústia crescia, filtrando-se no corpo como a luz pelas frestas, bateu na porta. Bateu uma, duas, três vezes. Depois perguntou pelo nome. Indagou se ele estava doente.

Tossiu, Judas apenas tossiu para denunciar que ainda estava vivo. E mais: calçou as sandálias para provocar o chap-chap. Abaixando-se, olhou pela fechadura: Dina vestia-se como Abel, talvez por hábito, por mania, para incomodá-lo? Vendo que ela se aproximava, caminhou de costas até o meio do quarto. Insistiu, Dina insistiu, batendo, novamente, na porta. Percebendo que não seria atendida, o pulso parado, desistiu.

Depois de algum tempo, Judas ali parado, a respiração tensa, a expectativa nos olhos, percebeu muito bem, pelos ruídos, quando ela deixou a bandeja com as comidas na porta. Com certeza, queria ocupar-se dos outros afazeres da casa, não era somente ele que existia. Retirou as sandálias, sentou-se na rede. Os gemidos, agora, não lhe fariam medo. O que não podia evitar eram os cigarros. E tinha tão poucos nos bolsos. A carteira quase vazia, amarrotada.

Depois de aceso o cigarro, deitou-se. Não pôde, ainda dessa vez, suportar os gemidos. Não os suportaria nunca. Tudo tinha recordação de Abel: até como se os gemidos fosse ele perdoando-o. Se tivesse garantia que era assim, ficaria no balanço o dia inteiro, a tarde inteira, até alcançar a tonteira.

Os pássaros do dia, os que sabem conhecer o sol e o dia, cantavam. Podia escutar, perfeitamente, as galinhas cacarejando no quintal, os cachorros farejando luta. Ainda pela metade, jogou o cigarro fora. Era impossível suportar a gastura da boca.

O corpo já doía. Para todos os lados que se movimentasse, as dores voltavam. Já não era mais apenas o arrependimento. Aparecia-lhe a dor física. Insuportável. Tonteiras, náuseas, cansaço. Ficou de pé, sentou-se, enterrou a cabeça nas mãos. Agitação incontrolável.

— Está precisando de alguma coisa?

Era Dina quem falava. Falava quase ao mesmo tempo em que batia na porta. Batia com tanta ânsia que era como se estivesse dizendo: "Abra, por favor!" E se abrisse? Se abrisse para encontrar Abel que retomava? Abriria, talvez, se ela ficasse despida.

Desejava responder: "Só uma indisposição." Mas não queria, não queria falar. Que se as palavras já eram tão poucas em sua boca, agora faltavam.

— O almoço está na porta, — ela disse.

Não respondeu. Ela se afastou, afastou-se — percebeu muito bem. Mas por quê, de repente, lhe vinha a lembrança de Deus? Não pensara Nele em todos aqueles dias. Deitado, os braços arriados, as pernas magras estiradas, sentiu uma incrível vontade de chorar.

Não choraria. Absolutamente. Não choraria. Mas como podia evitar o choro se a idéia que tinha de Deus era de um ser incrível cercado pela solidão — a solidão dos abandonados da sorte, dos miseráveis que estendem latas vazias pelas ruas, das mulheres que, enlouquecidas, andam sujas pelas estradas? A solidão do esquecimento completo e absoluto.

Por isso, foi por isso que num gesto inteiramente inusitado, tão estranho como seria o coração fora do corpo — o coração ensangüentado daquele Cristo que vira no altar, no dia do casamento —, Judas levou as duas mãos ao rosto e arrebentou no choro. Dilacerado: sabia que era impossível parar de chorar e não podia deixar que os urros, selvagens e estrangulados, fossem ouvidos pela casa.

Sentindo a aspereza da barba crescida, os ossos do rosto incomodando, cobriu a cabeça com a franja da rede. Chorava. Nem descobrira sequer, em todos aqueles anos, que tivesse lágrimas. Que ele também tinha lágrimas escondidas no corpo austero e casmurro. Soluçava, soluçava muito.

Se pudesse reinventar o tempo, não empunharia punhal. E se tivesse desconfiado que era para aquilo que a arma serviria, nem mesmo teria comprado. Voltou o rosto para a parede.

Esgotadas as lágrimas, enxugou o rosto com a mãos, esfregando-o. Sentou-se. Ficou de pé. Não teria forças para andar. As pernas não obedeciam.

— A noite chega, Judas, não vai jantar?

A noite chegava? Não vira que ao invés da luz, as trevas entravam no quarto? Apoiando-se nos punhos da rede, sentou-se na cadeira, em frente ao espelho. Fraqueza ou curiosidade? Assustou-se consigo mesmo. No espelho, podia ver-se. Um homem não estaria mais derrotado. Fundos os olhos, os cabelos em desalinho, os fios da barba empretecendo a cara.

Ouviu grunhidos, latidos, sinais de luta. Por um instante, despertou. Depois escutou, claramente, a agitação de Dina. Confusão e tormento. Mas não saiu da cadeira, Judas não queria esquecer o rosto diante do espelho. Ela gritava:

— Saia, Judas, saia. Os cães estão invadindo a casa — Só parava para respirar. — Estão disputando as comidas que deixei, durante todo o dia, na porta do quarto.

Durante ainda algum tempo Dina precisou de muita força

para enxotar os cães. Ela recordaria mais tarde: eles pareciam — endemoninhados seguindo o faro da comida, mostrando dentes afiados, disputando pedaços de carne, os olhos em fogo.

Passada a disputa, Judas retornou à rede. Possuído de estranha calma, a lassidão escorrendo pelo corpo, dormiu. A boca aberta, a testa contraída, um resfolegar compassado e sôfrego, conseguiu dormir. Dormia mas a consciência parecia acordada.

Judas não pôde — pode — nunca revelar se foi um sonho, o homem enterrado no sono, ou visão. O que ele viu, sonho ou consciência, não esqueceria. Em cada uma das portas — tanto na que dava para a saída, quanto na que levava ao quarto de Dina — apareceram dois anjos guerreiros, fortes e altos, cada um com espada flamejante na mão.

Pela manhã, percebendo que Judas não deixaria o quarto, preocupada, Dina preparou-se para ir ao povoado chamar alguém que pudesse ajudá-la. Tomou a decisão que lhe pareceu mais correta. Abriu o baú de Abel, onde vestes e chapéus eram guardados, escolheu a melhor roupa. Era um terno todo branco, de um branco como se tivesse sido lavado e engomado há muito pouco tempo. Tomou banho. Depois, diante do espelho do quarto, cortou os cabelos, tão bem-aparados que o barbeiro não faria igual no próprio Abel. Escolheu também uma camisa branca, a meia branca, as botas negras.

Antes de mudar-se foi à estrebaria e escolheu o cavalo, um belo cavalo branco, onde se desenhava uma enorme estrela no peito. Escovou-o, passou as rédeas, selou-o, apanhou os estribos de prata. Mais tarde veio a saber que Abel só usava o cavalo em raríssimas ocasiões. Guardara-o para o dia das bodas.

O vaqueiro a viu passar — os olhos chamejavam de curiosidade. Estático, não sabia nem como mover as pernas. Depois o povoado inteiro viu. O povoado e os visitantes que passavam no dia quente e empoeirado. A visão transfigurada e incandescente.

Difícil acreditar, a sepultura não mentia, todos lembravam-se do dia em que Judas passou com o caixão sobre os ombros, a noite havia testemunhado. Pois agora, naquele exato instante, o que estavam assistindo?

Abel surgiu com o rosto brilhando feito o sol, as vestes resplandecentemente brancas, o cavalo com a estrela desenhada no peito. A roupa refulgia na alumiação da manhã. Ao sol do quase meio-dia.

Recife, fevereiro a novembro de 1984

*DO MESMO AUTOR
NESTA EDITORA*

O AMOR NÃO TEM BONS SENTIMENTOS

AO REDOR DO ESCORPIÃO... UMA TARÂNTULA

O DELICADO ABISMO DA LOUCURA

AS SOMBRIAS RUÍNAS DA ALMA

SOMOS PEDRAS QUE SE CONSOMEM

Este livro foi composto em
Times pela *Iluminuras*, com
filmes de capa produzidos pela
Fast Film e terminou de ser
impresso no dia 26 de fevereiro
de 2008 na *Associação Palas
Athena*, em São Paulo, SP.